Onderdanige slaaf

Overheersing en erotische onderwerping

Erika Sanders

titel

Onderdanige slaaf

Van

Erika Sanders

serie

Overheersing en erotische onderwerping

Eerste editie: oktober 2020

Samenvatting

We hebben elkaar onlangs ontmoet.

Ik heb een kamer gemaakt met een thema over het vinden van een dominatrix in het juiste gebied. Na een paar uur kwam Lucy binnen en we spraken over wat we leuk vinden aan de situatie en het onderwerp en wat we niet doen.

We wisselden foto's uit ... niets gewaagds, alleen foto's van ons in normale outfits in het begin.

Lucy vraagt me dan om je een lijst met mijn limieten te sturen ... een volledige lijst van wat ik niet zou doen en wat ik wilde doen ...

Onderdanige slaaf is een roman met een sterk erotisch BDSM-gehalte en wederom een nieuwe roman uit de Erotic Domination-collectie, een serie romans met een hoog gehalte aan romantische en erotische BDSM.

Noot voor de auteur

Erika Sanders is een bekende internationale schrijfster die, verre van haar gebruikelijke proza, haar meest erotische geschriften signeert met haar meisjesnaam.

Contact email:
erikasanders98@gmail.com

ONDERDANIGE SLAAF VAN ERIKA SANDERS

HOOFDSTUK I

Waar was ze in godsnaam?

Dat dacht hij toen hij aan een tafel voor twee zat in de cafetaria in een hoofdstraat buiten de stad.

Ik had al twee kopjes koffie gedronken, en het was meer dan een uur geleden dat we het gisteren hadden afgesproken, en verdomme, ik moest plassen.

Omdat ik niet wist of ik moest blijven of gaan of wat dan ook, overtuigde ik mezelf er uiteindelijk van dat hij me verlaten had en besloot ik mezelf te ontlasten.

Wat een verdomde tijdverspilling en dit is gewoon weer een klap voor mijn ego ... het gebeurde heel dicht bij de andere keer, ik had het kunnen raden, dacht ik toen ik opstond van de tafel en naar het herentoilet ging.

We hebben elkaar onlangs ontmoet.

Ik heb een kamer gemaakt met als thema hoe je een dominatrix in de juiste buurt kunt vinden en na een paar uur kwam Lucy binnen en we spraken over wat we leuk vinden aan de situatie en het onderwerp en wat we niet leuk vinden.

We wisselden foto's uit ... niets gewaagds, alleen foto's van ons in normale outfits in het begin.

We vonden het leuk wat we zagen en we besloten om zaterdagochtend af te spreken in de cafetaria ... eigenlijk heel vroeg ... om 6.15 uur.

Lucy vraagt me dan om je een lijst met mijn limieten te sturen ... een volledige lijst van wat ik niet zou doen en wat ik wilde doen.

Ze zei ook dat ik haar al mijn maten moest opsturen; alles van de lengte van mijn staart toen ik aankwam tot de maat van mijn schoen.

Later, later, vroeg hij me om foto's te sturen van mijn pik opgehangen zoals gewoonlijk en ook met een volledige erectie.

Hij had alles gedaan, maar verdomme, hij belandde hier alleen in de badkamer van de kantine.

Ik verliet de cafetaria en ging naar mijn auto achter op de parkeerplaats, waar ik Lucy had verteld dat ik zou parkeren en haar tegelijkertijd mijn kenteken had gegeven.

Toen ik het portier opendeed, begon het raam aan de passagierszijde van een zwarte SUV die naast me geparkeerd stond te rollen.

'Peter, ben je bij ons?' zei een vrouwenstem zachtjes.

Ik liet hem weten dat ik het was.

'Sorry, maar ik moest er zeker van zijn dat je was wie je echt zei dat je was.'

Ik keek naar de chauffeur en mijn hart begon in een fantastisch tempo te kloppen.

Ze was Lucy en ze was mooi ... in een leren jas en hoge leren laarzen.

Zijn leren jas was aan de onderkant losgeknoopt, waardoor zijn blote dijen en een stukje leer aan de bovenkant zichtbaar waren, maar ik wist niet precies wat het leer precies was, maar het diende me om me opgewonden te maken.

'Waar ben je verdomme geweest? Ik wacht al meer dan een uur op je.' Ik liet los terwijl ik naar zijn laarzen keek en voelde dat mijn pik aandacht begon te besteden aan de situatie.

'Nou, Peter, vertel me gewoon hoe je je voelt. Als je nog steeds geïnteresseerd bent om me te ontmoeten, volg je me nu naar huis. Als we daar zijn, ga je de garage in de kamer naast mijn auto. ben jij die jongen? "

Voordat ik kon antwoorden, ging het raam dicht en reed de SUV de parkeerplaats af en begon te vertrekken.

Mijn erectie stierf in recordtijd op dezelfde plek.

Wat moet ik doen? Wat moet ik doen?

Vloek.

Ik sprong in mijn auto en rende haar achterna, in de hoop dat het niet te laat was.

"Waar is ze?" Zei ik tegen mezelf toen ik de uitgang naderde ... "Daar sloeg hij rechtsaf; hij gaat naar het westen."

Ik probeerde het tempo vast te houden en in de gaten te houden zonder te versnellen, want deze straat stond bekend om zijn snelheidscamera's.

Ik zag haar toen ze plotseling door een amberkleurig licht ging en me dwong te stoppen en haar te zien verdwijnen.

"Bitch ... ze deed het expres," riep ik tegen niemand.

Ik wachtte tot het licht groen werd voor wat leek op een eeuwigheid, en begon toen zsm, mezelf toe te staan te geloven dat ik het kwijt was.

"Daar is het, ga door." Ik schreeuwde tegen mezelf ... ze moet in het verkeer zijn gepakt of misschien is ze gestopt.

Ik volgde haar direct na deze stop en een paar kilometer later sloeg ze eindelijk rechtsaf een zijstraat in die bekend staat om zijn dure huizen en uitstekende uitzichten, want er waren er veel bij het meer.

We reden veel langzamer.

Je wilt waarschijnlijk niet dat de buren het merken, dacht ik.

Dus sloeg ze rechtsaf een straat in met aan het eind een enorm huis en het eerste wat ik dacht was dat het verloren was ... maar ze ging de garage in en opende de deur voordat ik daar aankwam.

Ze liet de auto aan de linkerkant achter en ik reed naar rechts.

Zodra ik de garage binnenkwam toen de deur begon te sluiten, parkeerde ik de auto en stapte uit.

Ze opende een deur naar het hoofdgebouw en gebaarde me te volgen, wat ik deed, maar aarzelend.

Ik veegde mijn voeten af op een mat, ging het huis binnen en deed de deur achter me dicht.

Toen wendde ik me tot Lucy.

"Je weet dat je 8 kilometer bij mij vandaan woont ..."

Klap ... klap ... klap ... ze sloeg hard op mijn wang.

'Hoe durf je tegen me te praten zoals je deed? Je zult me nooit meer vragen, nutteloos stuk stront zoals jij! Begrijp je me, Peter?'

Ik was geschokt omdat ik het niet verwachtte.

"Ja ik denk"

Hij greep me bij de voorkant van mijn shirt ... stoot, stoot ... stoot.

Ze sloeg me opnieuw en deze keer probeerde ik mezelf te beschermen en greep haar pols ... alleen voor een reflex, maar realiseerde me dat het maf was en liet het snel los.

"Oh shit, ik ben stomdronken," dacht ik, wachtend tot ze zei dat ik moest gaan.

'NU op je knieën, Peter!' zei hij luid terwijl hij mijn haar pakte en me liet vallen.

'Je hebt een kleine boete, slaaf.' Ze zei.

Ze noemde me een slaaf en ik dacht dat ze dat twintig minuten zou doen.

Mijn knieën waren tegen elkaar, mijn handen waren aan weerszijden om me te stabiliseren en ik keek haar aan.

Ze keek me aan en schopte me toen hard waar mijn knieën elkaar ontmoetten.

"Spreid je knieën, trut!"

Ik deed wat mij gezegd was.

Toen zette hij het puntje van zijn rechtervoet op mijn pik en kneep hem stevig vast.

'Vergeet het niet nog een keer, Peter. Laat ook je verdomde hoofd zakken en kijk naar de grond. Leg je handen op je dijen, handpalmen omhoog, in de juiste positie voor een slaaf.'

"Je hebt vijftien slavenzwepen die je zult ontvangen wanneer onze sessie begint. Vijf zijn omdat je onbeleefd bent toen je me vroeg waar ik was. Vijf zijn omdat ik verkeerd antwoordde, niet respectvol tegen mij en mezelf sprak niet om mevrouw of Lucy te bellen Ze doen het altijd als je niet in het openbaar bent, dwz in een auto of een huis ... hier of in een privékamer. Vijf zouden me zonder toestemming moeten aanraken als je mijn pols hebt gepakt. Als je het nog een keer doet, word je over je grenzen gestraft, aangezien ik mezelf moet beschermen. Begrijp je waarom je wordt gestraft, Peter? '

Ik keek zo goed mogelijk naar haar gezicht en zei:

"Ja ik begrijp het".

Ze pakte mijn haar stevig vast en keek me in de ogen.

'Er komen nog vijf wimpers om me ongehoorzaam te zijn, op te kijken en geen respect te tonen omdat ik mezelf geen dame noem. Begrijp je me, Peter?'

Ik sloeg mijn ogen en hoofd zo goed mogelijk neer, ook al hield ze mijn haar nog steeds vast en zei:

'Ja, mevrouw Lucy, ik begrijp het.'

'Gisteren hebben we gepraat over hoe je mijn berouwvolle en seksslaaf bent geworden en dat je een opleiding nodig had. Klopt dat, Peter?'

"Ja mevrouw, dat klopt."

'Je zei dat je grenzen geen tieners of minderjarigen waren of bloed, naalden, naalden of aanhoudende sporen. Klopt dat, Peter?'

"Ja mevrouw, dat klopt."

'Heb je het vanmorgen opgehelderd met de snelle klysma-methode die we bespraken?'

'Ja, mevrouw Lucy, ik heb precies gedaan wat u me had opgedragen.'

"Ben je nog steeds geïnteresseerd om mijn rouw- en seksslaaf Peter te worden?

"Ja, mevrouw, meer dan ooit."

Toen liet hij mijn haar los terwijl ik naar de vloer keek.

Ik heb het gevoel dat ik op de bodem van het zwembad ben gesprongen en niet heb leren zwemmen.

'Nou, laten we eens kijken of je getraind kunt worden. Sta op en maak al je zakken leeg, doe je horloge en ringen af en leg alles op tafel!' dat ze erop wees. 'Trek dan je schoenen uit en leg ze op de grond naast de tafel.'

Ik deed alles wat hij me vertelde zo snel als ik kon en toen het mijn eerste kans was, keek ik het huis rond.

Hij was in de grote hal, niet ver van de trap die naar de kelder leidde.

Ik keek Dominatrix aan zonder oogcontact te maken en zag dat hij nog steeds zijn leren jas en laarzen droeg.

God, ze is nog mooier dan de foto die ze me stuurde.

Kort donkerblond haar met een pony in de ogen. Ik kan niet wachten om erachter te komen hoe de rest van haar eruitziet, wat ik dacht.

'Nou Peter, je gaat al je kleren uitdoen voor een inspectie; handen achter je hoofd, hoofd naar beneden en benen uit elkaar. NU, verdomde teef, niet morgen!'

Ik kleedde me zo snel mogelijk uit en kleedde me uit om mezelf te inspecteren.

Terwijl ik naar beneden keek, zag ik mijn pik beginnen te groeien in de verwachting dat mijn dromen zouden uitkomen.

God, wat zou ik willen dat hij me nu aan het werk zou zetten, dacht ik.

"Toen ik zei dat ik je benen uit elkaar wilde houden, meende ik het. Open nu je benen. BREEDER! Jij idioot, idioot. En je kunt in de nabije toekomst op elk moment een orgasme vergeten. Ik zal dat gewoon zijn om te zien wanneer je er een hebt. "

"Sorry mevrouw ... ja mevrouw." Ik liet het los en keek naar mijn harde pik.

Toen kleedde hij zich uit en omsingelde me langzaam.

Eerst kneep ze in een tepel en vervolgens in de eikel van mijn penis, die ze stevig kneep terwijl ze kreunde tussen haar tanden.

Ze lachte terwijl ze me verschillende keren testte.

"Nou, slaaf Peter, je verzamelt al je kleren en gaat naar de kelder. Open de eerste deur rechts, ga naar binnen en sluit de deur. Doe het licht niet aan ... Daar, in het midden van de kamer, vind je een sporttas. met instructies om dit te doen. Ga direct naar de tas, lees de instructies en volg ze zorgvuldig op. Je hebt twintig minuten om deze taak te voltooien en ik zal al je bewegingen met de camera bekijken. Begrijp je Peter?

'Ja, mevrouw Lucy, ik begrijp het.'

"Dus ga door jongen, het kostte je 20 seconden."

Zo snel als ik kon pakte ik mijn kleren, rende de trap af, opende de eerste deur rechts, ging naar binnen en sloot hem achter me.

"Wat heb ik in godsnaam gedaan, ik ben echt verkloot."

Ja, ik ben zeker in een diepe kloof gestapt.

HOOFDSTUK II

Ik had niet zo snel weg moeten gaan, dacht ik, terwijl ik ervoor zorgde dat de deur dicht was.

Ik leunde met mijn hoofd tegen de deur, sloot mijn ogen en vroeg me af of dit echt gebeurde.

Een 40-jarige professional zoals ik, gescheiden, vervulde eindelijk zijn fantasie.

Het introduceerde me in een hele nieuwe wereld.

Daar, in het midden van de kamer, met een enkele spot aan het plafond, lag een zwart tapijt met een sporttas eroverheen, eigenlijk een Nike-tas.

Ik kwam snel op haar af en voelde de koude betonnen vloer aan mijn voeten.

Misschien was hij in de kerker.

Bovenop de tas lag een opgevouwen vel papier met de tekst 'Slaaf Peter', maar hoe wist ik dat het hier zou zijn?

Ik nam het briefje en begon het te lezen.

Slaaf Peter

Bitch, je zult nu knielen om dit briefje te lezen.

Volg de aanwijzingen nauwkeurig op en wees er snel bij als de tijd om is.

Ik knielde snel en keek rond, maar er was geen licht in de rest van de kamer; Alleen het licht scheen op me toen ik het briefje las.

1. Stapel uw kleding voorzichtig naast de tas.

2. Haal elk item uit je zak en kleed je aan.

3. Doe de halsband om, zorg ervoor dat hij goed vastzit en vergrendel hem vervolgens.

4. Doe de riem om en maak alle gespen en hamerring vast. Iedereen moet krap zijn.

5. Maak de pols- en enkelboeien vast en zet ze vast met een hangslot. Iedereen is gemarkeerd waar hij heen moet en moet stevig zijn.

6. Vergrendel de enkelboeien samen met de 15 cm ketting en hangsloten.

7. Maak de klem vast. Het is een wijd open gag en moet erg strak zitten.

8. Controleer het gebied en stop alles wat niet is gebruikt in de tas.

9. Breng het verband aan en doe het goed aan!

10. Vergrendel de polsmanchetten.

11. Neem de slaafpositie in en wacht.

Terwijl ik het briefje las, viel ik op mijn knieën om elk item in de tas te vinden, en gooide de tas uiteindelijk gefrustreerd voor me uit terwijl ik het probeerde te vinden.

Toen ik alles zag, geloofde ik echt dat anderen zouden komen, omdat dit niet alleen voor mij kon zijn.

Plots kwam zijn stem uit een luidspreker recht boven me, sterk, diep en zwaar.

"JE HEBT 15 MINUTEN OM TE BLIJVEN."

Deze herinnering veroorzaakte een paniekmodus in mij en ik pakte snel mijn kleren, gooide ze in mijn zak en sloot ze.

Daarna kamde ik me een weg door de stapel leren stroken tot ik de ketting vond.

Verdomme, het is een ketting van straf.

Ik keek naar de dikke zwarte ketting, die tien centimeter hoog was, en vroeg me af hoe ik die om zou doen, totdat ik merkte dat er een klein open slotje door een gat in de extra brede pin op de gesp ging.

Nu begreep ik hoe het moest worden gebruikt en verwijderde ik het slot.

Ik hief mijn hoofd op, wikkelde het om mijn nek zodat de opening aan de achterkant zat en een D-ring vooraan, en maakte het vast in een comfortabele positie.

Toen heb ik het hangslot in het gat gestoken en het op slot gedaan.

Daar is het verdomde ding, dacht ik.

Wat volgt er?

Gelukkig had ik me wat tijd verdiept in het onderwerp domination-speelgoed en verschillende lichaamsharnassen in online advertenties gezien, zodat ik het snel kon vinden en na een moment van besef, besloot ik dat het een harnas uit de kofferbak was.

Zo snel als ik kon, heb ik de voorkant vanaf de achterkant gelokaliseerd en gooide het rond, zodat de hoofdringen aan de achterkant waren en de meeste afstelgespen aan de voorkant.

Gelukkig zaten de twee banden die elke kant van mijn nek omgaven los en dit hielp de voorkant van de achterkant te positioneren, samen met het feit dat de haanring ook aan de voorkant hing.

Deze twee strips zaten in een ring aan de voorkant en achterkant op hetzelfde niveau, net onder mijn borsten.

Van daaruit leidde een enkele lus naar een andere ring ter hoogte van mijn heupen, en van deze ring aan de voorkant hield een andere lus de penisring vast met de lus eronder.

De twee ringen aan de voor- en achterkant hielden de stroken bij elkaar om de zijkanten van voren naar achteren te verbinden.

Na een paar seconden draaien, besloot ik de zijriemen van de ring onder mijn borsten vast te maken en vast te zetten totdat ze strak maar niet te strak waren.

Dus herhaalde ik hetzelfde met de zijriemen op mijn heupen.

Dit werd moeilijk omdat deze riem mijn hoofd omhoog hield en ik niet precies kon zien wat ik aan het doen was.

De penisring was de volgende en hij wist dat het moest worden gedaan door eraan te voelen zonder te kunnen kijken.

God, ik wou dat ik mijn pikgrootte had overdreven toen Lucy ernaar vroeg.

Nu is het niet zo goed en ik had niet verwacht dat er een probleem zou zijn totdat ik de penisring kon vasthouden zodat ik hem kon zien.

Verdomme, het is klein!

Hoe krijg ik mijn stukken daar?

Ik maakte één bal per keer en had het geluk dat op dat moment mijn pik los zat en ik de schacht kon aanspannen voor de resterende ruimte.

Een beetje glijmiddel zou hebben geholpen, maar dat was er niet.

Ik drukte de penisringband op de heupring en pakte toen de resterende penisringband, legde die op mijn rug tussen mijn benen en de achterkant van mijn heupen en daarna met mijn armen achter me zo goed als ik kon dichtknopen.

Zodra ik dat deed, werd ik geil met als resultaat dat de pijn aan de basis van mijn pik en ballen er verrassend geweldig uitzag.

Toen kneep ik in elk handvat en herhaalde ik het proces verschillende keren totdat ik het gevoel had dat ze zo strak mogelijk waren.

Het hele proces hield mijn pik rechtop totdat het klaar was.

Lucy's stem klonk over de plafondluidspreker en leek dominanter dan voorheen.

"Slaaf, je hebt 5 minuten later".

'Nee, het is niet mogelijk, mevrouw. Het kan niet.' Protesteerde ik.

"Je hebt 5 minuten. Versnel."

Zo snel als ik kon, trok ik mezelf naar binnen en sloot mijn polsen en enkels om te laten zien waar iedereen heen moest.

Toen vond ik de ketting en sloot hem met een hangslot aan de D-ringen op elke manchet op de enkelboeien.

Dit was allemaal geen gemakkelijke taak omdat de verdomde reeks straffen mijn zicht beperkte.

Dan de grap!

Het was dik leer en had een grote opening voor mijn lippen en tanden.

Toen ik het voor de eerste keer probeerde, dacht ik dat er een vergissing was omdat ik bij de eerste poging mijn mond niet op de uitstekende ring kon zetten.

Ik probeerde het opnieuw en stak mijn tanden in de ring, maar het voelde pijnlijk ongemakkelijk.

Ik trok mijn riem strak om ervoor te zorgen dat hij er niet uit zou komen.

God, het gat was groot genoeg voor een goed lid, maar hij hoopte dat hij het nooit zou krijgen. Waarom heb ik dit niet op mijn limietlijst gezet?

Nadat ik de verkoop had gevonden, nam ik alles, stopte het in mijn zak en sloot het.

Ik sloot de verkoop af en toen ik hem beschermde, kwam de plafondluidspreker tot leven.

'Je tijd is om. Nu ben je mijn slaaf.'

Oh shit, ik vergat het slot om mijn polsen, ik schreeuwde tegen de prop.

Wanhopig vond ik de tas, opende hem en na wat een eeuwigheid leek vond ik een open slot.

Snel, maar met moeite, en het moet 2 minuten of langer hebben geduurd, kon ik de handboeien om mijn rug binden.

Toen knielde ik in totale overgave, mijn knieën uit elkaar.

Oh nee! Ik heb de tas niet gesloten.

Ik knielde daar voor de langste tijd ter wereld terwijl ik de deur hoorde openen en sluiten.

Er was geen geluid te horen; Ik heb niets gezegd.

De laarzen klikten op de grond en ik wist van de beweging van de lucht over mijn lichaam en de geur van hun parfum dat vlakbij was.

God rook fantastisch.

Er zijn jaren verstreken sinds ik een vrouw bij mij in de buurt had.

Ik kon het leer van zijn laarzen horen, dacht ik, terwijl ik me voorstelde dat hij de tas inspecteerde.

Ik kon het leer ruiken dat ik droeg, en ik werd opgewonden toen ik me aanmeldde.

Flop!

"Agrrrrrrrrrr," kreunde ik nadat ik een trap in mijn ballen kreeg die meer pijn deed dan alle andere pijn die ik ooit in mijn leven heb gehad.

De onverwachte pijn dwong mijn knieën te sluiten.

'Je was me ongehoorzaam, waardeloos stuk stront. Kom NU met je knieën uit elkaar!'

Langzaam gehoorzaamde ik en trok mijn knieën uit elkaar, wachtend op een nieuwe slag, maar er gebeurde niets.

Ik mompelde een niet van elkaar te onderscheiden "het spijt me, dame" in de grap.

'Je stelt me teleur, Peter. Je hebt je eerste opdracht niet gehaald en daardoor word je pas vanavond verslagen en zullen ze verdrievoudigen.'

Partij? Waar heeft hij het in godsnaam over?

Dacht ik opeens en Lucy moet mijn bezorgdheid over beweging in mijn lichaam hebben gevoeld.

'Ik ga vanavond een paar van mijn vrienden uitnodigen. Zou je als mijn slaaf willen deelnemen, Peter? Jij wordt de headliner; in feite ben je vanavond de enige. Heb je interesse?'

Hij probeerde al deze nieuwe informatie op te nemen toen ... hij sloeg ... zijn hand op mijn linkerwang landde.

Verdomme, het doet pijn.

'Ik heb een vraag gesteld, Peter. Ben je geïnteresseerd? Zo niet, dan zit zijn baan er nu op!'

Zo goed als ik kon, schudde ik mijn hoofd om te laten zien dat ik geïnteresseerd was en mompelde ik op de grap:

'Laat me alsjeblieft naar je feestje gaan, lieve Lucy.'

"Oké Peter, je kunt naar huis gaan en je voorbereiden op het feest, maar eerst moeten we hier en nu een paar dingen regelen. Je hebt de instructies niet goed opgevolgd, of wel? Je hebt geen speelgoed achtergelaten voor onze sessie," je ketting zit los en ik ben zo geil als de hel, een hele slechte teef, want ik ben van plan hier vanavond heel hard voor je te zijn.

Toen pakte hij mijn haar en trok mijn hoofd zo ver terug dat ik me kon voorstellen dat hij geblinddoekt naar mijn mond gesnoerd gezicht keek.

'Binnen een paar minuten, hoer, ben je niet meer zo stout,' zei hij met een diepe, dominante stem.

Ik wist wat hij bedoelde en ik knielde zwijgend neer nadat hij mijn hoofd had losgelaten.

'Eerst moet ik je leren je geliefde altijd te respecteren en te gehoorzamen.'

Het geluid van zijn laarzen gaf aan dat hij weg was en ik hoorde al snel iets naar me toe trekken.

Dus ik voelde het aan mijn zijde en ik voelde ook dat er iets voor me werd neergezet.

Zijn hand lag op de achterkant van mijn hoofd en opende het verband, dat langzaam losliet. Ik knipperde een paar keer met mijn ogen om me aan het licht aan te passen.

Voor me was de zijkant van een zwarte houten bank die anderhalve meter lang moet zijn geweest met zwart gewatteerd leer dat ongeveer 60 cm breed was

De kamer was nu volledig verlicht, en terwijl ik om me heen keek, zag ik alle lederwaren en zwepen aan de muren hangen en alle kettingen en touwen die aan het plafond hingen.

Toen ik mijn hoofd naar rechts draaide, was zij het.

Oh shit, ze is zo mooi, dacht ik.

Ze droeg nog steeds zwarte leren laarzen, maar alleen een klein zwart leren korset dat de heupen net onder haar borsten bedekte, en een paar zwarte leren handschoenen.

Ik begon meteen te verharden.

'Sta op, slaaf, leun op de bank,' beval hij.

Eerlijk gezegd probeerde ik op te staan, maar mijn knieën waren stijf en de sleepketting om mijn enkels maakte het onmogelijk.

Hoe hard hij ook probeerde, hij viel altijd op zijn knieën of op de ene of de andere kant.

"Oh shit," riep ze uit en ik wist dat ze boos was op de uitdrukking op haar gezicht en de toon van haar stem.

Plots leek hij te springen en greep hij de ring voor mijn nek.

Verdomme, het deed pijn, dacht ik terwijl ik abrupt opstond en op de bank bleef, tegen mijn enkels schopte.

Toen ik kreunde, zei ze gewoon:

'Wen er maar aan jongen! Het wordt vanavond erger.'

Nadat ik op de bank was gegooid, bond hij me met een touw van de ring om zijn nek vast aan een oog aan de onderkant van de bank, zodat ik van kop tot schouder over de bank kon leunen.

Uit de hoek van mijn rechteroog zag ik mijn vrouw een leren armband oppakken die met veel andere banden aan de muur hing.

Het was misschien vijf centimeter breed en niet erg dik, en hij was dankbaar dat het kappertouw nog niet aan de muur hing.

Blaas ... blaas ... blaas.

Ze gooide de riem voor altijd tegen mijn billen.

Toen ik probeerde te bewegen om aan de kade te ontsnappen, greep ze mijn handboeien om de polsen en hief haar armen op om te voorkomen dat ik me bewoog.

Eindelijk was hij klaar en streelde zijn hand mijn billen terwijl hij voorover leunde en mijn schouder likte.

'Je moet me altijd gehoorzamen, Peter. Begrijp je dat?'

Ik mompelde een AMA ja in mijn prop terwijl hij naar de sporttas op de grond liep.

Toen deed hij een leren riem met een zwarte vibrator om en dacht dat hij keek.

Ik zag hoe ze het snel om haar middel en tussen haar benen stopte totdat ze zich veilig en op de juiste plek voelde.

Toen liep ze langzaam heen en weer om er zeker van te zijn dat ik kon zien wat er ging gebeuren en ging ze voor me staan.

Ze tilde mijn hoofd door mijn haar en bracht de vibrator naar mijn prop.

"Slaaf, ik heb de kleinste vibrator gekozen om seks mee te hebben. Ik hoop dat je geniet van mijn gebaar. Zuig er NU op zodat hij goed voorbereid en nat is. Eerst samen."

Terwijl ze langzaam de vibrator in het propgat stak, probeerde ik hem zo goed mogelijk op mijn tong te houden en daarna omcirkelde ik hem om hem te bevochtigen.

Hem zuigen was uitgesloten, maar hij wist dat het in de toekomst een vereiste zou zijn; misschien zelfs vanavond.

De dame haalde toen het speeltje uit mijn mond en stond op waar ze de ketting rond mijn enkels losmaakte en mijn benen opendeed totdat ik eraan dacht mezelf in tweeën te delen.

Toen voelde ik dat zijn gehandschoende handen de lus tussen mijn benen losmaakten.

Ze deed mijn billen uit elkaar terwijl ze langzaam mijn onontgonnen terrein betrad.

"Oh ja," riep hij herhaaldelijk terwijl hij me omhelsde en me vervolgens serieus neukte met één hand op mijn heupen.

Ik had er niet eerder op gelet, maar nu realiseerde ik me dat mijn lul hard was en dat hij op de bank werd gewreven terwijl mijn minnaar me aan het neuken was.

Ze merkte ook mijn groei op en een hand ging naar mijn pik en kneep hem stevig vast.

"Oh, klein speeltje. Iedereen zal het vanavond leuk vinden, maar onthoud, als je komt, moet je het likken. Oh, ja, trut, verdomme, oh, heel goed."

Na een paar minuten trok hij zich van me los en hield me bij mijn schouders vast terwijl hij zijn hoofd op mijn rug liet rusten.

Ze ademde heel snel en hij wist dat ze gelukkig was.

'Jij bent mijn Peter, helemaal van mij, verlaat me nooit. Ik heb mijn hele leven naar je gezocht.'

Nadat ze me had losgemaakt, knielde ik voor haar neer en keek toe terwijl ze alles opendeed en nam wat ze als slaaf had meegebracht.

Toen ik helemaal naakt was, nam ik de positie van een slaaf in en zag haar naar een andere kast gaan en een zwartfluwelen tas tevoorschijn halen.

Ze kwam terug en ging voor me staan.

"Peter, deze tas bevat alles wat je vanavond zou moeten gebruiken. Je mag niets gebruiken als je het huis verlaat en je auto zal worden doorzocht om er zeker van te zijn dat je gehoorzaamt. Je kunt ook worden gevolgd door een van de volgende Mijn vrienden, van je huis naar het feest, maar je zult het nooit weten. Dus wees gewaarschuwd: je moet je tas pas om 17:00 uur openen en om precies 18:00 uur naar de garage gaan. Je kleedt je aan, ga naar huis , rust uit, neem een lichte maaltijd en reinig je lichaam voordat je je lichaam verkleedt voor het feest. Alleen haar op het hoofd, wenkbrauwen en wimpers is toegestaan. Wordt dit vereist van jou, mijn slaaf, of moet ik het herhalen? "

'Ik begrijp mevrouw Lucy.'

'Heel goede Peter. Sta nu op.'

Ik gehoorzaamde en plotseling was ze dicht bij me.

Ik kon deze fantastische borsten op mijn borst voelen; Zijn warmte was charmant en zijn gebaar was volkomen onverwacht.

Hij legde voorzichtig een hand achter mijn hoofd en bracht die naar de zijne totdat onze lippen elkaar ontmoetten en toen uit elkaar gingen terwijl onze tongen duelleerden en we omhelsden elkaar terwijl onze lichamen probeerden één te worden.

Terwijl hij wegliep, merkte hij mijn pik zorgvuldig op en glimlachte.

"Oh Peter, nog een ding. Speel nooit met jezelf zonder toestemming! Maak je nu klaar voor het feest."

HOOFDSTUK III

Ik heb het afgelopen uur voor de miljoenste keer op mijn horloge gekeken en dacht eindelijk dat het bijna tijd was om de tas te openen.

Alles was gedaan zoals Lucy had bevolen.

Het was slechts een kleine vijf mijl rijden van zijn huis naar het mijne, wat verrassend was omdat we elkaar nog nooit hadden ontmoet.

Het was onze eerste ontmoeting in het echte leven die veel verder ging dan ik had verwacht en ik wist dat ik verliefd op haar was en dat ze me zou laten doen wat ik wilde.

God, ik was geil, maar ik zat en probeerde zijn bevel te gehoorzamen om niet met me te spelen zonder zijn toestemming.

Gewoonlijk speelde mijn rechterhand met alles na de ochtend die net voorbij was, maar het ging nu niet gebeuren.

Eindelijk was het vijf uur 's middags en ik maakte het koord los van de zwartfluwelen tas die de dame me had gegeven.

Mijn hartslag leek te verdubbelen in afwachting van wat ik moest vinden, en ik sloot mijn ogen toen ik bij de tas kwam.

Ik voelde de kou van metaal en de warmte van leer en rubber toen mijn hand alles uit mijn zak haalde en op het bed gooide.

Daar, in bed, was alles wat ik die nacht moest dragen, bestaande uit een halsband, een riempje en een tube glijmiddel met een anale plug.

Godzijdank was hij klein, dacht ik toen ik hem zag.

Ik begon me meteen aan te kleden door de ketting te pakken en aan te geven hoe ik hem moest dragen.

Het leek op het begin van de dag, behalve dat het slechts vijf centimeter hoog was en drie D-ringen had: één aan de voorkant en één aan elke kant.

Ik had een open slot en wetende hoe het werkte, deed ik het onmiddellijk om en maakte het zo stevig mogelijk vast zonder mezelf te wurgen. Daarna bond ik het slot aan elkaar en sloot het terwijl ik in de spiegel keek om fouten te voorkomen.

Toen keek ik naar de riem in verschillende posities en vond hem uiteindelijk.

Ik zou de buttplug op zijn plaats houden, net als mijn ontberingen, aangezien die verdomde penisring terug was.

Toen ik voor de volle spiegel in mijn kamer stond, merkte ik dat sinds ik al mijn schaamhaar had geschoren, mijn pik twee keer zo groot was, zelfs als ik daar slap hing.

Ik toverde een glimlach op mijn gezicht en hoopte dat mijn vrouw blij was toen ze me weer zag.

Het hoofddeksel was vergelijkbaar met het hoofddeksel dat hij eerder op de dag droeg.

Het was bedoeld om op heuphoogte te worden gebruikt en had aan elke kant twee vouwbanden die aan de voor- en achterkant waren verbonden met een metalen ring.

Ik maakte die riemen stevig vast en ging toen naar het moeilijkste deel, eerst mijn ballen glijdend en daarna mijn pik door de verdomde ring waarvan ik wist dat Lucy die te klein had.

Toen ik het op de ring deed, keek ik mezelf weer in de spiegel aan en bedacht hoe goed het voelde.

Het moet het succes van de partij zijn.

Mijn knieën begonnen een beetje te trillen toen ik nadacht over wat ik nu moest doen, want het was de eerste keer dat ik een anale plug had gebruikt.

Ik nam het glijmiddel en stopte er genoeg van dat ik onmiddellijk in het gat in mijn kont en de opening wreef.

Dus deed ik zoveel mogelijk glijmiddel in het deksel en spreidde mijn benen uit elkaar, bukte een beetje en smeerde het langzaam op mijn kont.

De plug had een platte basis waardoor hij niet volledig aan me zoog en er geen overtollig smeermiddel omheen druppelde.

Het was gemakkelijker dan ik dacht en ik nam een zakdoek en veegde het overtollige glijmiddel af voordat ik het riempje van de penisring tussen mijn benen trok en het aan de achterste ring vastmaakte.

Het harnas had een zak voor de buttplug, maar toen ik het te laat besefte, had ik het gewoon om mijn kont gewikkeld, in de hoop dat het mijn kont op zijn plaats zou houden.

Ik controleerde de tijd en realiseerde me dat het tijd was om te vertrekken en toen realiseerde ik me dat ik bijna naakt zou gaan rijden en ik zei tegen mezelf dat ik geen verkeersregels moest overtreden of dat ik een verklaring moest geven.

Ik hoopte dat er niemand langs zou komen of langs zou komen.

Mijn garage had directe toegang tot mijn huis en door de automatische garagedeuropener voelde ik me op mijn gemak dat mijn buren niets ongewoons zouden opmerken.

Godzijdank voor de gekleurde ramen.

Ik legde een handdoek op de bestuurdersstoel en mijn portemonnee en portemonnee lagen al in het handschoenenkastje toen ik de checklist in mijn hoofd controleerde.

Ik wou dat het winter was en dat alles donker was, maar het was een hete zomerdag en de duisternis zou pas drie uur duren.

Dus verliet ik het huis nadat ik ervoor had gezorgd dat de garage gesloten was.

Wat ben ik in godsnaam aan het doen, het is pas uren geleden sinds onze eerste date, dacht ik terwijl ik langzaam naar huis reed en naar het verkeer keek en het in me voelde opgaan.

Ik bleef in de achteruitkijkspiegel kijken voor de politie en iedereen die me volgde.

Er waren geen politieagenten in zicht, maar een kleine zwarte sportwagen leek me een eind weg te volgen, maar ik was er niet helemaal zeker van.

Ah, ik heb het gedaan!

Ik schreeuwde tegen niemand, maar bijna toen ik de garage binnenliep en de garage in reed.

Toen ik de garage binnenliep, realiseerde ik me dat ik bijna vijf minuten had, en aangezien ik niet wist wat ik moest doen, stopte ik waarheen en zette de motor af.

Ik bleef daar nadenken en ervoor zorgen dat alles in orde was.

Ik nam mijn horloge af en legde het naast me op de bank.

De garagedeur ging achter me dicht en mijn hart begon sneller te kloppen toen mijn lul harder werd.

Dus ik zat op mijn dijen in de warmte van mijn handen en wachtte op wat voor altijd voelde.

Ik hoorde de deur opengaan en keek op de klok op de bank om te zien dat er vijf minuten waren verstreken.

Het moet de opwinding zijn geweest, want ik draaide me om en zag een vrouw naar me toe lopen in de deuropening.

Ze was zo groot als een Amazone, maar ze was niet dik, ze was gewoon lang, ongeveer mijn lengte, dacht ik, heel aantrekkelijk bruin haar in een hoop bovenop haar hoofd verzameld als een warrige, warrige paardenstaart.

En de hond had de grootste borsten die ze ooit had gezien.

Wacht even, dacht ik.

Ik heb dit eerder gezien.

Ze werkt in de slijterij.

Ik zag haar de deur naderen en in een reflex opende ik hem om haar te begroeten.

'Haal je hand van de deur en kijk vooruit. Je bent een slaaf! Ga zitten en gehoorzaam.' Zij vroeg.

Ik pakte meteen mijn hand van de deur en ging daar zitten om te kijken wat er was gebeurd.

Ze moet een minnaar zijn.

Ze moest gehoorzaamd worden, dacht ik.

De deur ging helemaal open en ik keek naar links zonder mijn hoofd te bewegen en keek naar een mooi stel dijen.

Haar ongeschoren poesje was bedekt met een kwart zo groot als een gezichtssjaal in rode stof en hing om haar middel aan een dun gouden touw.

Hij droeg een leren halsketting om zijn nek die minder dan 2,5 cm lang was en zei slaaf in gouden letters.

'Vind je het leuk wat je op je kont ziet? Ik zei je er naar uit te kijken.'

'Ja, mevrouw. Sorry, mevrouw.' Ik antwoorde.

Ritme ...

Ze boeide met mijn rechterhand de zijkant van mijn hoofd.

'Ik ben geen dame, maar je moet me gehoorzamen tot ik mijn huiswerk heb gemaakt. Je kunt me Cindy of Cindy's slaaf noemen. Begrijp je het?' Zij vroeg.

"Ja, slaaf Cindy. Ik begrijp je hoer!"

"Oh, de slaaf werd gek," lachte hij, eraan toevoegend, "je zult niet snel lachen jongen. Heb je ooit op een feest gediend?"

'Nee, dit is mijn eerste dag met Lucy.' ik antwoorde

Blaas ... deze keer landde zijn hand op mijn mond.

'Dat was niets vergeleken met wat komen gaat. Haar naam zal alleen mevrouw Lucy zijn, tenzij ze in het openbaar is. Ziet u?'

"Ja, slaaf Cindy." Ik antwoordde en knikte om aan te geven.

Toen pakte hij de D-vormige ring aan de linkerkant van mijn nek en toonde zijn kracht, trok me snel en abrupt uit mijn auto en hield de ring om zijn middel terwijl hij het portier sloot.

Ik was de plug op mijn kont vergeten, wat een beetje pijn deed, en ik kreunde om aan te geven waarom Cindy haar nek alleen maar deed schudden om me te vertellen dat ik het moest loslaten.

Terwijl ik het borstelde, voelde ik zijn zachtheid, rook ik zijn parfum en even dacht ik erover om erop te springen, maar een ruk in mijn nek haalde die gedachten uit mijn hoofd.

Er was een deur achter in de garage die openging en me naar binnen leidde.

We gingen naar een voorraadkast met grasmaaiers en andere items aan de ene kant en een sportschool aan de andere kant.

Er was een raam met uitzicht op een zeer grote, mooie en privétuin die ik spoedig zou ontdekken en die de hele achterkant van het huis en het terrein besloeg.

Het was erg privé en keek uit over de Hofsee, die ongeveer tien meter boven de kust lag.

Er zou geen verre buur zijn om te horen.

'Buig voorover en leg je handen op de bank,' beval hij, en beval opnieuw: 'Spreid je benen een meter uit elkaar.'

Een korte bankketting met een karabijnhaak was aan de kraag bevestigd om me eraan te herinneren niet te bewegen.

Cindy deed toen mijn benen uit elkaar en liet de achterkant van de hoofdband los om haar toegang te geven.

'Ik zag je in de slijterij in het winkelcentrum,' zei ik.

Blaas ... blaas ... blaas.

Cindy legde een sterke hand op mijn kont.

'Idioot, ons privéleven is ons privéleven en mag nooit worden besproken tijdens een ontmoeting van jou met een minnaar of tijdens een bijeenkomst van een Pain Pleasure Group. Begrijp je het, Peter?'

'Ja, Cindy, ik begrijp het. Is dat de groep vanavond, Pleasure of Pain?'

"Dit wordt het plezier van pijn genoemd, en je mag het nooit opmerken of vermelden in je persoonlijke leven."

Plotseling ... "Agggggggggg", kreunde ik terwijl ik zonder waarschuwing de stekker eruit trok.

'Jullie nieuwelingen snappen het nooit echt,' zei hij terwijl hij zijn hoed voor mijn gezicht hield. 'Het moet eerst naar de vaatzak gaan en dan naar je anus. Dus.'

"Agggggg" ... verdomme ... ze sloeg hem met opzet, dacht ik.

Nadat slavin Cindy de riem zo abrupt mogelijk weer had omgedaan, maakte ze de ketting van mijn ketting los en pakte ze me op.

Hij keek op de klok en zei:

'We hebben bijna geen tijd meer vanwege je domheid. Neem twee gewichten van vijf pond en doe push-ups totdat ik je zeg dat je moet stoppen.'

'Hé,' antwoordde ik, zonder iets te begrijpen.

'Idioot, moet ik iets voor je doen?'

Toen ging hij naar een plank onder het raam en trok twee gewichten van tien pond alsof het veren waren en deed wat push-ups voor me.

Ik voelde mijn gezicht rood worden van de stompzinnigheid van mijn opmerkingen.

Nadat hij me de gewichten had gegeven, begon ik meteen met push-ups, maar ik vroeg me af waarom hij het deed.

'Waarom hef ik in godsnaam gewichten op? Ik dacht dat je hier was voor een feestje?' Zei ik tegen Cindy terwijl ze bij me wegliep.

Wat een mooie kont heeft ze.

Ze is misschien een beetje mollig, maar ik wed dat ze verbazingwekkend mollig is, dacht ik.

Hij stopte en draaide zich naar mij toe en zei:

'Ben je stom of zo? Groep. Begrepen? En kijk niet naar mij! Ik ben ook een slaaf van mevrouw Lucy.'

Verdomme, weer een onderdanige teef, dacht ik.

Terwijl ik aan mijn lichaam bleef werken om mijn buikspieren en borstspieren weer tot leven te brengen, haalde Cindy een groot blauw canvas uit een kast en plaatste het in het midden van de kamer, op de grond, voor een garagedeur. Naar de tuin.

Hij hield zich bezig met het plaatsen van twee flessen voor het scherm, vervolgens een ton touw aan elke kant, en aan de andere kant van de kamer plukte hij wat eruitzag als een groot stuk hout van de vloer en zette het op de vloer.

De achterkant van het scherm.

Ik realiseerde me dat het niet duidelijk was, want in eerste instantie leek het erop dat ik er een beetje mee worstelde, maar het liet zien hoe sterk het was om het een beetje op te tillen nadat ik de controle had.

God, hij bedriegt me, dacht ik.

Een mooie vrouw klaar met ongelooflijke kracht.

Ik begon mijn training te vertragen, zowel door gebrek aan training als door me te concentreren op het hout dat Cindy op het tapijt had gelegd.

Het was niet ruw, maar het zag eruit alsof het was geschuurd en gelakt.

De enige grote schroef in het midden van een oppervlak was het enige dat de gladheid van het stuk verstoorde, dat tien bij vier centimeter lang leek te zijn.

Toen Cindy alles op zijn plaats had, kwam ze naar me toe en zag me worstelen met de gewichten, die al ongeveer tien keer zo zwaar leken als toen ik begon met trainen.

Ze lachte en streek met een zachte hand over mijn borst en buik.

"Mmmm ... oke jongen. Ben je klaar om te stoppen?"

"Oh, alsjeblieft, ja, ik kan hier niet mee doorgaan. Mijn armen zien er klaar uit en mijn biceps staan in brand", antwoordde ik.

"Ha ha ha ... Oké, stop ermee! Laat de gewichten zakken en ga in het midden van het tapijt voor de deur staan. NU!"

Ik liet de gewichten voorzichtig zakken en sprong naar het midden van het tapijt.

Toen ik daar stond, kon ik de tuinen zien, aangezien de deur twee kleine ramen had.

Verdomme, ik kan Maine zelfs aan de overkant van het meer zien.

Het voelde als een warme, mooie dag buiten, maar deze kamer was voorzien van airconditioning en weerhield ons van zweten.

"Open je armen, teef, en spreid je benen! Houd deze positie vast en beweeg niet!"

'Moet je me beledigen, Cindy? Kun je me niet gewoon Peter noemen?'

"Ik ben je gewoon mentaal aan het voorbereiden om de feestjongen te zijn en ik waardeer het echt niet dat iemand mijn geliefde probeert te stelen," antwoordde ze, op zoek naar een van de flessen.

Oh ze is jaloers!

Hij draaide zich achter me om en begon de inhoud van de fles op mijn rug te wrijven.

God, het ruikt naar piña colada's, zei ik tegen mezelf terwijl die zachte handen over mijn rug bleven wrijven.

Toen vonden ze mijn billen en giechelde ze erin.

Toen liet ze mijn benen verder zakken.

"Voor het geval je het je afvraagt, slaaf, onze dame dacht dat je een geweldige indruk op anderen zou maken als je allemaal opgewonden zou zijn en dat is wat ik nu draag en het is een goede smaak van de zomer, vind je niet? Hmm ... je huid is mooi, zacht en glad. Je zult het leuk vinden ... mmmmm "

Toen bedekte hij mijn uitgestrekte armen volledig met olie op mijn vingertoppen.

Nadat ik over de zijkanten van mijn borst had gewreven, werd de fles geleegd en nam ze de tweede.

Deze keer wreef ze zachtjes over de vers getinte borstspieren en ik kon de blik in haar ogen zien en ik wist dat ze me wilde hebben.

Ze sprong op mijn pik en ballen, maakte mijn benen af en knielde toen stevig, pakte mijn pik stevig vast en kneep erin tot ik kreunde.

Toen zag ik zijn lippen op mijn pik terwijl hij lichtjes aan de punt zoog.

Het was gewoon de normale beweging van een geile man toen ik mijn hand op zijn achterhoofd legde terwijl mijn pik hard werd en ik hem in zijn mond stopte.

Zijn reactie was snel toen hij mijn lid beet en met zijn rechterhand mijn ballen sloeg.

Ik herinner me gewoon dat ik zo hard mogelijk schreeuwde, oh shit! een paar keer en hoor dan de telefoon overgaan.

Terwijl Cindy over mijn privéhanden hurkte, nam ze de telefoon op.

"Ja mevrouw, sorry mevrouw. U probeerde me orale seks te geven terwijl u hem smeerde. Ja mevrouw, ik zal u zeggen ja, ja. Ja mevrouw." Ik hoorde hem dat aan de telefoon zeggen.

'Nou, Peter, de dames zijn niet blij met al het lawaai dat je hebt gemaakt en als resultaat krijg je vijfenzeventig zweepslagen in plaats van de zestig die je de dag ervoor verdiende. En het mooiste is dat ik er vijftien voor heb. Ze zal optreden. Schreeuw opnieuw als je wilt, als we deze kamer verlaten voor het feest, wil de meesteres je verdomde lul zo hard als een stalen staaf en wil dat je vecht als we dichterbij komen Begrijp je slaaf?

"Ja ik begrijp het." Ik klopte terwijl ik naar mijn pijnlijke pik en ballen keek.

Kom op.

Sta op.

Houd stevig vast.

Ik heb geprobeerd het rechtop te houden, maar heb niet veel succes gehad.

Cindy knielde voor me neer en streek met haar zachte, olieachtige handen zachtjes over mijn pik en ballen, die een minuut of twee voelden.

Als ik er gewoon naar kijk, alles smeer en het mijn lid laat aaien, gaat het leven daar terug.

Ze zag er opgelucht uit toen ze mijn lichaam smeerde en de fles op de grond zette.

"Ga op je knieën, jongen! We waren bijna te laat in een mum van tijd!"

Ze volgde me en begon stukken touw aan verschillende plaatsen op dit stuk hout te binden, zodat er op elk punt ongeveer 30 cm touw aan de twee uiteinden van elk touw hing, waarvan ik er acht telde terwijl ik over mijn schouder keek om te kijken kijk wat er aan de hand was.

Toen pakte hij het hout op, gromde onder het gewicht en tilde het op mijn schouder.

Het was een juk! Het moet worden behandeld als een stuk vlees.

'Kantel je hoofd als een slaaf en strek je armen naar me uit. Dit kan zwaar aanvoelen, dus maak je klaar.'

Ik deed dit en vond het gewicht onmiddellijk zo oncomfortabel en onstabiel dat het stuk omviel en het linker uiteinde op de grond rustte.

'O, in godsnaam, Peter! Ben je een sukkel of zo? Je bent toch een idioot?'

Hij bond snel het touw om mijn armen en begon met het touw het dichtst bij mijn romp aan mijn rechterkant totdat ze alle 4 om mijn arm waren gespannen.

Ik probeerde mijn arm te draaien om hem los te maken, maar de enige beschikbare beweging was die van mijn hand.

'Wees nu voorzichtig elke keer dat je je hoofd achterover legt, jongen, want er is een bliksemschicht in het bos net achter je hoofd. Doe nu je knieën uit elkaar zodat ik het goed kan maken!'

Terwijl hij gehoorzaamde, liep hij naar links en trok het hout en zijn arm eronder, trok eraan en balanceerde het op mijn schouders.

Daarna bond hij het touw vast en hield mijn armen in 4 verschillende secties, vergelijkbaar met die aan de rechterkant.

Oh shit, het doet pijn, dacht ik terwijl ik zijn volle gewicht voelde, evenals de buttplug die tot leven was gekomen en mijn ingewanden eruit moet hebben gerukt.

Ik kreunde en kreunde een beetje, wat de Amazone leek te plezieren.

'Oké, laten we kijken of ik je kan helpen om zelf op te staan in plaats van de lier te gebruiken.' Zei hij toen hij begon op te staan en toen volgde ik zijn voorbeeld en herschikte mijn knieën en stond toen op.

Ik negeerde de pijn van binnen en kwam voor mezelf op.

Aha, wie is er nu zwak, trut?

Cindy pakte het flesje olie weer op en drukte toen tegen me aan zodat ik haar enorme borsten op mijn lichaam kon voelen en al snel zocht mijn pik een deel ervan.

'Breng je me later naar huis, Peter? Je moet me meenemen en ik zal het de moeite waard maken.'

Was ze serieus of houdt ze me voor de gek?

Het maakte niet uit, want het had het gewenste effect om me hard en rechtop te maken, totdat ik wist dat het de moeilijkste erectie was die ik die dag had.

Toen gaf hij mijn lichaam een klein beetje aan om er zeker van te zijn dat alles op zijn plaats zat.

Nadat ze op mijn pik was geland, kreunde Cindy om wat ze zag.

Toen liet hij de fles vallen en pakte het touw.

Ik had twee opgerolde lussen van touw die hij aan weerszijden van me vastmaakte.

Het was niet zoals het dikke nylon touw dat mijn armen vasthield, maar kleiner dan een waslijn.

Tweemaal op volle kracht bond hij het ene uiteinde van elk touw om een van mijn duimen en trok de knoop strak totdat ik kreunde telkens als hij dat deed.

Hij wikkelde elk touwtje af en hield het als een teugels vast.

"Als ze ons nu op het feest bellen, breng ik je naar hen toe en ik wil dat je vecht voor de dames, maar niet zozeer dat je valt. We willen dat je vecht voor iedereen om opgewonden te raken." Begrijp je Peter? Oh, shit, ik ben het bijna vergeten ".

'Ja, Cindy, ik begrijp het. Ik ben het wilde dier aan de lijn.' Antwoordde ik toen ik haar naar een kast zag rennen waaruit ze een stuk ketting en verdomde stalen handboeien trok.

Ze deed een rubberen band om die de manchetsleutel om haar rechterpols hield terwijl ze naar me toe liep.

"Snelle Peter, zet je voeten bij elkaar!" Vroeg ze en ik wist dat de show ging beginnen.

Hij bukte zich, deed de manchetten om elke enkel en klikte ze op hun plaats.

De klik van elk slot leek zo hard als een schreeuw.

Toen hij voor me knielde, stopte hij mijn pik in zijn mond en zoog er een paar seconden hard aan, waardoor ik wenste dat het eeuwig zou duren.

'Dat zou hem meer moeten opvrolijken,' zei ze, terwijl ze mijn lichaam door de olie in haar mond bewoog.

Toen hij opstond, ging de garagedeur open en raakte een explosie van hete lucht ons lichaam.

Cindy paste het stuk rode stof aan dat tevergeefs probeerde haar kutje te bedekken en zorgde ervoor dat haar ketting goed uitgelijnd was.

"Klaar Peter?"

"Kom op, trut!" Ik antwoorde.

Hij keek me aan, pakte toen de twee touwtjes die aan mijn duim waren vastgemaakt, kneep erin en trok me naar buiten om tegen de middagzon te vechten.

HOOFDSTUK IV

'Verdomme ... stop zo snel met schieten,' fluisterde ik tegen Cindy.

Toen kwamen de teugels van mijn juk los en ik merkte dat Cindy was gestopt toen ze naar links omdraaide om het feest tegemoet te treden en naar de drie naderende mannen keek, elk met een rol touw of leren riemen.

Ze waren naakt, afgezien van een kleine leren riem die hun geslachtsdelen bedekte.

Ze waren alle drie van mijn lengte en leeftijd en ze droegen ook allemaal een ketting die identiek was aan de ketting die ik droeg.

'Laten we je hier weghalen, slaaf Cindy. Je moet je onmiddellijk bij slaaf Ken melden,' zei er een.

'Nee, hij is er nog niet klaar voor. Peter, ik wist het niet! Rennen! Maak dat je wegkomt! Nu!' Cindy smeekte me.

Ik wilde me omdraaien om te vertrekken, maar twee van de mannelijke slaven hadden me al bereikt en grepen het touw bij mijn duim.

Ook al had ik de ketting aan mijn voeten vergrendeld, ik had toch geen vijf stappen kunnen zetten.

In de verte zag ik een groep vrouwen die de situatie waarin ik me bevond nauwlettend in de gaten hielden. Vrouw stond voor de groep. Lucy.

Toen besefte ik dat Cindy wegging, nee, ze rende weg met gebogen hoofd en ik denk dat ze huilde.

Waar ben ik aan begonnen?

Wat een klootzak ben ik

Mijn situatie en degenen die mij hadden, brachten me terug naar de realiteit.

Groeten, slaaf Peter, ik ben slaaf James en deze twee meesters zijn slaven Bob en Frank. Geef ons alsjeblieft geen probleem, Peter, dan is er geen probleem voor jou. ""

"Waarom ga je jezelf niet neuken? Laat me met rust! Ik heb dit niet met mevrouw Lucy besproken, dus ik ben hier weg", schreeuwde ik naar de naam van James.

"Wacht," zei James tegen de anderen zonder me aan te kijken.

Toen pakte hij de schacht van mijn penis, die allesbehalve stijf was, trok hem strak en duwde een kleine knoop touw die vlak achter mijn hoofd was vastgebonden.

Toen trok hij het touw zo strak aan dat ik een luide en luide schreeuw slaakte.

'Het doet pijn, klootzak, pak het, pak het!' Ik schreeuwde en vocht uit alle macht.

Terwijl ik dat deed, keek ik over het gazon en zag dat vrouwen alles keken terwijl ze aan een glas wijn dronken.

Het leek alsof er andere naakte slaven waren, waarschijnlijk als bedienden, en ze hielden ook alles in de gaten.

"Voor zover je weet, was het mevrouw Lucy die het bevel voerde over deze situatie. Je zou trots moeten zijn dat dit nooit op de eerste dag is gebeurd en als je het overwint, zal ze lid worden van de elitegroep met alle rechten. zullen worden vermaakt en je zult anderen behagen door te vechten. Denk maar aan ons als je slavenbroeders die alleen hier zijn om je vanavond te helpen, ha ha. En we hebben echt spijt van wat er gaat gebeuren. Ik moet de nieuweling zijn en als als hij het uiteinde van zijn penis niet wil verliezen, zal hij zich gedragen. "

Oh god, wat heb ik gedaan?

Wat doe je met mij?

Ik keek naar al mijn ontvoerders en hoopte dat ze zich daardoor rot zouden voelen, maar ik maakte ze alleen maar kwaad en ze trokken aan de riemen die iedereen bij me had.

De drie keken elkaar aan, knikten en draaiden zich naar de dames, vielen met gebogen hoofden op hun knieën en hielden de riem met hun rechterhand in de lucht.

Ik keek naar mijn drie ontvoerders en vroeg me af wat er aan de hand was.

James zat voor me met de kettinglus en Bob aan mijn linkerkant, Frank aan mijn rechterkant, iedereen hield de nekriemen vast.

Ongeveer dertig meter in een rechte lijn hadden de dames een rij stoelen opgesteld onder een grote luifel om hen te beschermen tegen de brandende zon, waarvan er twee door vrouwen werden bewoond. Lucy en nog een Afrikaanse Amerikaan.

Alle vrouwen droegen een eenvoudige en soortgelijke zwarte jurk met gouden accessoires en zwarte laarzen.

De vrouw naast Lucy stond op, draaide zich om en wees naar een knielende slaaf die naar hun nadering wees.

Een lange, goed gebruinde en geoliede slaaf met lang, steil zwart haar stond op en ging met gebogen hoofd voor de vrouw staan. Lucy en de zwarte vrouw.

Elk van de twee vrouwen gaf haar een voorwerp dat ze in elke hand vasthield, draaide zich om en liep naar ons toe.

Oh god, ze is ook mooi, dacht ik, en toen ik haar vergeleek met Cindy, merkte ik dat ze dezelfde maat had, maar in veel betere vorm, wat allemaal werd benadrukt door haar gebruinde en vette huid.

Dus ik besefte het.

Ze was de juridisch adviseur van de lokale inheemse stam van de First Nation en was zelf een indiaan.

Toen ik rondkeek, ontdekte ik dat alleen deze vrouw, een paar slaven, knielden en ik werd geolied.

Geen van mijn ontvoerders is vertrokken.

"Oh shit, verdomde vriendin. Het is Angela. Ze zal je ballen snijden als je het moeilijk hebt," zei Bob.

'Het spijt me Peter, maar je bent beter dan wij,' zei James, en Frank was het ook met hem eens.

Ik keek naar de vrouw die naar ons toe kwam met een gevoel van zelfvertrouwen en een glimlach op haar gezicht.

Ze droeg ook een stuk rode stof dat zich probeerde te verbergen maar haar kruis niet bedekte en een gouden ketting die ze om haar middel hield en niets anders dan schoenen of oorbellen, en ze droeg ook veel make-up zoals Cindy.

Ik merkte dat hij een bruine zweep in zijn rechterhand hield en dat er iets in zijn linkerhand was dat hij niet kon zien.

Toen ze dichterbij kwam, liep ik weg en begon te worstelen met de vastgemaakte riemen, waardoor mijn drie ontvoerders opstonden en me vasthielden en terugtrokken.

'Laat die verdomde touwen los, klootzakken. Laat me gaan! Laat me hier weggaan! In godsnaam, jullie gaan me nu vrijlaten.'

Ik schreeuwde het zo hard als ik kon en merkte dat Angela nu op ons af rende, zwart haar danste achter haar en ving ons bijna op.

De hete zon leek zijn vette huid te overschaduwen, wat dom was om over na te denken in plaats van te proberen uit mijn situatie te ontsnappen.

'Doe je mond open, jongen,' zei ze met een diepe, krachtige stem terwijl ze mijn linkerarm vasthield. 'We willen toch niet dat de buren het horen?'

"Fuck you black bitch, ik wil hier en nu weg!"

Ik realiseerde me meteen dat ik niets had moeten zeggen, vooral vanwege de denigrerende labels voor haar Afrikaanse afkomst, maar ze glimlachte alleen maar om mijn opmerkingen.

'Ga zo door en je bent dood, verdomd vlees,' fluisterde hij in mijn linkeroor. "Doe nu je verdomde mond open jongen," riep ze, naar James knikkend.

De pijn van een scherpe ruk aan het handvat van zijn penis, net toen Angela mijn hoofd door mijn haar trok zodat mijn hoofd de schroef in het hout raakte, deed me gillen met mijn mond open.

Op dat moment stak ze een groot stuk leer in mijn mond, dat meteen in de ruwst mogelijke knoop achter mijn hoofd vouwde.

"Hoe gaat het met dit kreng?" blafte ze.

Zo goed als ik kon, antwoordde ik door de grap en zei:

"Fuck you, smerige trut! Doe dit van me af! Ik wil hier weg", en hoewel mijn antwoord leek ... Hmphhh ... hmphhh ... hmphhh, de betekenis was anders dan zij. terwijl zijn open hand vuist terwijl hij probeerde de situatie onder controle te krijgen.

"James, geef me de riem en neem dan je twee kleine vriendjes en de riempjes en neuk je hier. Mevrouw Lucy en mevrouw Samantha hebben om eerlijk te zijn tegenover Peter van gedachten veranderd over entertainment, daar is nooit met hem over gesproken" beval Angela.

'Maar ik ...' stamelde hij, beter bedacht.

Hij knikte naar de twee assistenten en de twee liepen naar de rest van de groep.

Angela wendde zich tot de groep dames en hief haar linkerarm met een open hand op om 5 minuten aan te geven.

Toen draaide hij zich naar me toe en nam de D-ring voor mijn nek, die hij trok en trok me terug naar de voorraadkast die hij een paar minuten geleden met Cindy had achtergelaten.

Ze legde me weer op het tapijt en ging naar een kast om nog een fles lichaamsolie te halen, die ze terugbracht en voor me ging staan.

"Nu, Peter, we hebben nog maar een paar minuten, dus laat me je op de hoogte brengen. Je meesteres verhoogde als het ware de eerste weddenschap en bood je een kaartje aan om snel over te schakelen naar de elitestatus van Pain Pleasure. Heb je erover gehoord? Nou, wat maakt het uit wat je denkt? Ga je ermee akkoord je slaaf te zijn, Peter? Ga je ermee akkoord je slaaf in het gezelschap te zijn? Dat klopt! '

Ik knikte ja.

'Nou, dat lost het op. Ik was bang dat je angst echt was, maar je tekende een contract met Lucy en vanaf dat moment kan ik er niets meer aan doen. Maar je betaalt voor je explosies en ik zal je dwingen het te doen.' om het jouwe te houden. contract met je dame. weet je wie ik ben?

Ik schudde weer mijn hoofd en toen maakte ze het touw los van mijn penis.

'Ik heb die riem daar niet nodig. Ik neem aan dat deze drie zwakken dachten dat ze indruk zouden maken; het moet een mannenzaak zijn. Ziet dat er beter uit, Peter? Vind je het leuk om het hele gewicht van het juk op je schouders te dragen? Dat was van mij.' Idee. " Zoals ze me vertelden over hun fysieke kenmerken. Ik hoop dat het veel pijn doet, want de opmerkingen die je over mij hebt gemaakt, doen pijn en worden aan jou beantwoord.

Hij leek rond te dwalen en vragen te stellen, maar had nooit een antwoord verwacht, alsof hij kokhalzend was of zijn hoofd schudde. Dus ik dacht dat het het beste was om zo te blijven en niets te doen.

Terwijl hij sprak, knoopte hij de riem die hij droeg los en trok langzaam de plug uit mijn kont, maar hij maakte zich geen zorgen om mijn ballen en pik uit de ring te krijgen, waardoor ik gilde en in de prop bijt .

Zodra het deksel open was, gooide ze alles op het scherm.

Zijn zachte handen gingen over mijn kont, mijn ballen en zachtjes over mijn pik, die meer dan los was dan de riem die eraan was vastgemaakt.

'Is dat beter, Peter?' Zij vroeg.

Ik was het eens met het positieve gevoel dat mijn spieren zich ontspanden nadat de connector was verwijderd.

Ze lachte zachtjes en zei:

Aan het begin van dit programma staat mevrouw Samantha, die naast mevrouw Lucy zit en gehoorzaamd moet worden. tot 100%. Bij haar is er geen ruimte voor mislukking, doe gewoon wat ze zegt Peter. Begrijp je Peter ""

Ik stemde weer toe en toen ik dat deed, zag ik Angela haar lichaam met olie aanraken en sinds ze bruin was, leek ze de kamer te verlichten.

Mijn zwakke lid kwam weer tot leven toen het de vreugde weerspiegelde die hij in mijn ogen zag van de mooie vrouw voor mij.

Toen kwam ze naar me toe en begon olie op mijn borst, tepels en buikspieren te wrijven.

Toen greep hij mijn lid en begon het te aaien totdat hij voelde dat zijn erectie een tijdje aanhield.

"Het is jammer dat ik je niet eerder heb gevonden dan Lucy, of dat ik niet ben naar wie je vandaag op zoek bent, want alle vrouwen die het plezier van pijn ervaren, moeten binnenkomen als slaven van een dame totdat ze een man worden en zoek een slavin om haar te dienen. Zou je mijn slaaf willen zijn, Peter? '

Ik wist niet zeker welk antwoord hij zocht, ik schudde mijn hoofd en zijn rechterhand raakte mijn linkerwang drie keer harder dan de andere.

Toen stapte ze snel achter me en dwong me naar de open deur te kijken.

Verdomd varken! Toon je geen loyaliteit aan je meesteres of probeer je me gewoon te sussen? Wat een idioot ben je, Peter! Nu kunnen we doorgaan en zult u mijn mondelinge instructies volgen zonder een riem te gebruiken en niets proberen om hierop te anticiperen. Wat gebeurt er of welke kant moet ik op? Als je niet gehoorzaamt of geen goede show neerzet, gebruik ik het handvat van mijn zweep en ik denk niet dat je dat wilt, want ik laat een blijvende indruk achter. ! ""

Net zoals ze me vroeg of ik er klaar voor was, sloeg de zweep me in mijn kont waardoor het geluid werd dat het beloofde, maar een verrassend aangename steek die mijn pik moet hebben bevredigd, want hij won nog meer dan voorheen.

Toen we buiten het gebouw waren, vielen er drie andere wimpers zwaar op mijn pijnlijke rug, waardoor ik tegen mijn prop begon te schreeuwen en terugduwde, maar niet omdraaide.

Deze actie bracht alleen maar weer een klap op mijn billen en stuurde me toen naar links.

Toen ik klaar was, zei hij dat ik moest rennen, wat onmogelijk was omdat ik geketend was, maar Angela leek het te negeren en bleef op mijn rug, kont en dijen slaan terwijl ik bleef worstelen met mijn prop en schreeuw .

'Ga rechtstreeks naar mevrouw Lucy,' beval hij.

Ik keek tussen stoten door en tegelijkertijd keek ik naar de vloer op zoek naar gebreken erin omdat ik niet wilde uitglijden en toen ik mijn vrouw zag, ging ik in zijn richting.

Hij sprak met een zwarte dame links van hem, van wie ik aannam dat het mevrouw Samantha was en die leek in te stemmen met de toestemming van Lucy's uitverkoren slaaf, ik.

Toen ik dichterbij kwam, zag ik rechts een houten structuur.

Een kracht?

Wel verdomme.

"Sta op, slaaf," beval Angela toen ze vijf stappen verwijderd was van mijn geliefde Lucy.

Toen kwam hij op me af en gaf mijn pik nog steeds hard.

"Op je knieën als je voor je geliefde staat!"

Ik viel op mijn knieën en kreeg meteen nog drie zware wimpers op mijn rug die pijn deden, maar ze gaven me meer plezier dan voorheen, maar ik kon mijn stijve penis niet begrijpen of zien.

Ik hoorde een bevel van Angela om mijn hoofd te laten zakken tot het op de grond viel en het daar vast te houden.

Het gewicht van het stuk hout op mijn rug deed me schreeuwen en opnieuw een klap krijgen.

Toen was alles ongeveer tien seconden stil, wat voor altijd leek te duren, en een stem waarvan ik vermoedde dat die tegen mevrouw Samantha begon te spreken vanwege haar nabijheid en gezaghebbende stem.

Dames, welkom bij deze speciale bijeenkomst van de Pain Pleasure Group. We zijn hier om Lucy officieel te erkennen als ons nieuwe lid van de elite en haar te feliciteren met haar keuze voor een slaaf, die ze zeker erg leuk zal vinden. Dames zo vettig en klaar voor onze zwepen? Lucy, er is een opvallend probleem van slaafdiscipline waarvan ik weet dat je het nu zult oplossen. Wat heb je gekozen

"Dank u, mevrouw Samantha, voor al uw vriendelijke woorden. Ik zal iedereen laten zien dat ik als een echte dominante en professional een leider ben en zal zijn van alle mannen, wij allemaal inferieur. Slaaf Peter! Hij heeft de zijne gekozen." Eerste straf, die zal worden onthuld wanneer je voor het eerst bijwoont: elke huidige minnaar en zijn zwepen worden geïntroduceerd, beginnend met Lady Samantha en eindigend met mij, wat in totaal elf lessen betekent, gevolgd door het einde, dat alleen ik iets zal noemen omdat het de laatste lijdensweg is Nieuwe dingen die Angela en ik hebben gemaakt. Alle slaven behalve slaaf Cindy zullen onmiddellijk naar de wachtkamer in de kelder gaan, omdat ze de eerste straf van de nieuwe slaaf Peter niet kunnen zien. ""

Toen Dominatrix klaar was, hoorde ik een gemompel van voldoening en applaus, in tegenstelling tot de eerste paar geluiden die moeten zijn gekomen van de slaven achter elk van hun minnaars.

Niemand heeft ooit zoveel lessen gehad, fluisterde een slaaf.

De dame zei:

'Heel goed, Lucy, wat heeft je jongen een fantastisch lichaam.'

Ze hebben me niet gevraagd of gevraagd of ik akkoord ging met het geplande gesprek, omdat ik meer dan wat dan ook hun slaaf wilde zijn.

"Kom op Peter, het is tijd dat je klaar bent om alle geliefden te begroeten!" Angela besteld.

Ik probeerde mijn hoofd op te tillen, maar het gewicht van het juk op mijn schouders en mijn uitputting lieten me dat niet toe. Angela vroeg de slaaf Cindy om te komen helpen, en ze pakten allebei een uiteinde van de vork en tilden me een beetje op.

Toen ik opstond, keek ik om me heen en zag de slaven weggaan en de minnaars in kleine groepjes die lol hadden met wijn en snacks, en ik dacht eraan hoeveel ik een drankje nodig had.

Ik keek naar Cindy en glimlachte door mijn prop om aan te geven dat ik niet boos op haar was over de ongelooflijke opeenvolging van gebeurtenissen.

Hij keek me in de ogen en kneep zachtjes in mijn arm.

Angela trok me door een D-ring om mijn nek tot ik precies onder de uitgestrekte arm van de galg zat.

Toen ik daar stond, keek ik op en zag ik een draad met een karabijnhaak eraan vastgemaakt. Toen hoorde ik een motor en zag de haak recht onder mijn hoofd vallen.

Wat zei je?

Opschorting en deelname en nog iets anders?

Ik moet voorzichtiger zijn.

'Cindy, maak de touwtjes van je pols en onderarm aan het uiteinde van de vork los en ik doe het op deze. We moeten de ophangarmbanden om de jongen doen en dan de ophangstang voor hem. Zodra dat is gebeurd, maak ik de vork los en.' mevrouw Lucy houden, wil geen tijd meer verspillen, 'zei Angela.

Dus deden ze dikke leren manchetten om mijn polsen en ik wist wat ze waren na het bekijken van de fetisj-advertenties op internet.

Toen ik eenmaal in beweging was, tilde Angela een zware stalen paal voor me op, ongeveer een meter lang.

Het had kettingen met haken aan elk uiteinde en een zware ring in het midden.

Cindy brak snel de haken aan elke ketting over de polsen die mijn polsen vasthielden, en toen de tweede aankwam, liet Angela de stang langzaam zakken totdat ik hem alleen vasthield.

Het extra gewicht op mijn lichaam en armen deed me hard kreunen in mijn prop en ik merkte dat Lucy naar me keek en de groep waar ik in zat begon te glimlachen en te lachen.

Angela en Cindy verhuisden snel om de vork te verwijderen, waardoor ik me zoveel beter voelde, en zelfs nadat ik de stang over mijn hoofd had getild en de ring aan de haak had geplaatst, voelde ik de druk van mijn lichaam afnemen is geweest.

Angela kwam naar me toe en fluisterde tegen me zodat niemand, zelfs Cindy niet, het kon horen:

'Slaaf, nu verwijder ik de prop en geef ik je water voor de inductie. Als je je niet goed gedraagt voor de avond. Het is voorbij, eerlijk gezegd, en ik zal je tepels snijden. Begrepen?'

Ik knikte enthousiast en zei ja toen ik haar sprak die wilde drinken en mijn tepels vasthield.

Ik merkte dat de stang waar mijn armen aan hingen aan het ronddraaien met me mee draaide, en toen ik opkeek begreep ik waarom de karabijnhaak een interne zwaai had, zodat hij in elke richting kon draaien.

Toen haalde Cindy de prop uit mijn mond en drukte, terwijl ze achter me stond, zachtjes haar borsten tegen mijn rug, wat een wellustig gekreun van mijn lippen veroorzaakte.

Godzijdank had Angela er niets van gehoord of gezien, zei ik tegen mezelf.

Angela bracht toen een fles water naar mijn lippen, die ik probeerde te slikken, maar er waren maar een paar slokjes toegestaan.

'Sorry, Peter,' zei Angela, 'maar ik kan je maar een paar slokjes geven, anders kun je krampen of zelfs ziek worden. Oh, Cindy, geweldig, je hebt de bus voor je voeten. Laten we snel beginnen, Peter . Onthoud. Wat ik zei over schreeuwen. '

Eerst maakte Cindy mijn voeten los met de sleutel die ze aan een armband droeg, en toen grepen de twee meisjes snel de ongeveer 1 meter lange staaf en maakten een leren armband aan elke enkel vast.

Ondertussen wist ik waarom Angela me eraan had herinnerd te schreeuwen, want ik nam niet alleen afscheid van de bar, maar hing nu aan de vloer in een adelaarachtige positie die aan mijn polsen hing.

Ik kon alleen mijn tanden op elkaar knarsen en zo zacht mogelijk kreunen.

Daarna testte Angela mijn situatie, langzaam heen en weer bewegend, en me een keer draaien om er zeker van te zijn dat de bocht werkte.

Toen hij naar me keek, zei hij:

"Slaaf, je zult knielen voordat je een dame begroet, en je zult je hoofd hebben laten zakken, je ogen hebben neergeslagen. Je zult haar begroeten als ze voor je staat en je zult dit doen: 'Gegroet, vrouw, ik ben dame Lucy's slaaf, Peter Dan zal ze ons opdragen op beide voeten of in volledige suspensie te staan en je formeel de zweep en zo te presenteren. Alle geliefden mogen dat doen. Ze zullen je zo vaak slaan als je wilt, van schouder tot teen Voeten, voeten, maar je moet alleen een zweep voor je penis gebruiken. Denk eraan Peter niet te huilen, anders vind je het moeilijker. Begrijp je Peter? '

"Ja Angela, ik begrijp het," zei ik, maar ik was bang om te vragen wat "en andere dingen" betekenen.

"Slaaf, ik wil dat je iets voor me doet. Stel dat je net geraakt bent, draai dan een halve bocht naar links. NU!"

Ik moest een paar keer proberen om het goed te doen, omdat ik de eerste keer te ver ging en de volgende keer niet ver genoeg of de hele weg ging.

Toen gingen ze op hun tenen en ik moest het proces herhalen totdat ik het goed had.

Terwijl ik les kreeg in deze draaitechniek, had Cindy een tafel voor me neergezet met daarop flagellators van verschillende soorten en kleuren en een groot glazen aquarium gevuld met houten klemmen.

Angela wenkte Cindy om naast me te komen, en toen wendde Angela zich tot de ama's.

Verdomme, ze is zo mooi en Cindy en alle geliefden dacht ik toen Cindy mijn pik weer begon te strelen om hem sterk te houden denk ik.

'Wees moedig, Peter, en het zal gauw voorbij zijn. Ik hou van je, Peter,' fluisterde ze.

HOOFDSTUK V

Een rilling ging door mijn lichaam terwijl ik daar op mijn lot wachtte en werd gesteund door Cindy terwijl ze zachtjes mijn mannelijkheid streelde.

Ik herinner me het meer en de zeilboten die thuiskwamen op een steeds kalmer wordende waterbodem.

De eerste gedachten aan de zonsondergang doken op en ik wist dat het binnen een uur donker zou zijn en ik vroeg me af waar de tijd was verstreken.

'Maak je klaar. Ze komen eraan,' beval Angela Cindy terwijl ik terugkeerde naar de realiteit.

Ik had Angela's terugkeer niet opgemerkt en toen ik me naar haar toe draaide, sloeg ze hard op mijn billen en lachte.

"Ik kan niet wachten om te zien of je het in de volgende les kunt halen, want het is het beste om alle vrouwen warm en nat te houden tijdens je optreden. Nu, Cindy, help deze teef op haar knieën voordat ze hier is. zijn. En Peter, onthoud wat ik deed. zei ".

Mijn adelaarvormig lichaam zakte met de hulp van Cindy op mijn knieën, onzeker over de beste manier om in positie te komen.

Ik hield mijn hoofd gebogen op mijn knieën zoals Angela beval, maar ik wist het door het perifere zicht dat ze had en hun stemmen die ons nu aanstaarden.

"Dames, de vreugde van pijn, ik bied mijn slaaf, slaaf Peter, aan voor uw overweging. Gebruik het alsjeblieft goed. Nadat je de test van mijn nutteloze echtgenoot hebt voltooid, zal er een speciaal programma voor je zijn waar Angela mee zal komen heeft zoveel vriendelijkheid voorbereid, Lady Samantha, wees zo vriendelijk om met de ceremonie te beginnen. '

Iedereen was stil voor me en ik kon mevrouw Samantha horen toen ze dichterbij kwam en zelfs toen ze de tang uit de kom haalde.

Een van de dames zei toen zachtjes tegen iemand anders:

"Ah, de angel, ze gaat testen."

Bevestigend gefluister tijdens de vergadering.

Toen ze voor me stond, vertelde ik wat Angela me had verteld:

'Gegroet, mevrouw, ik ben de slaaf van mevrouw Lucy, Peter.'

'Hef je hoofd op en kijk me aan, slaaf,' beval hij me.

Terwijl ik langzaam mijn hoofd ophief, merkte ik dat ze twee wasknijpers in haar linkerhand had en een donkerrode leren zweep in haar rechterhand.

De zweep zag eruit als een korte gedraaide zweep, maar aan het einde had hij een extra lengte van negen leren staarten ter grootte van een touw, elk met knopen aan het einde.

Wat maakt het uit, dacht ik.

Hoe naïef ik ook wist, de zweep die hij vasthield, was niet de gesel die Angela had beschreven.

Ik keek Angela aan en ze glimlachte een beetje onschuldig en haalde haar schouders op.

"Dit kreng zal ooit krijgen wat ze zoekt."

Ik wist dat het meer pijn zou doen dan ik eerder had gezegd, maar het zou nodig zijn om Angela te bewijzen dat ik er tegen kon.

Mevr. Samantha zag deze interactie en lachte.

'Dames, het lijkt erop dat deze slaaf niet alles over de show van vanavond heeft gekregen, maar hij stemde ermee in om hier te zijn en dat zal een goede les voor hem zijn. Laten we wachten op een verwarde slaaf!'

"Peter, slaaf, je gaat ermee akkoord dat je ondergeschikt bent aan alle vrouwen, dat alle vrouwen superieur zijn aan mannen, dat je alle vrouwen zult dienen en gehoorzamen, waar je ook bent, en dat je de beweging van plezier in pijn zult leren. ondersteunen ? "

"Ja, mevrouw Samantha, daar ben ik het mee eens," antwoordde ik.

"Weet je wie ik ben, slaaf en wat moet ik doen?"

'Ja mevrouw. U hebt uw eigen advocatenkantoor in Maine dat ik heb gebruikt, maar ik zorgde alleen voor uw team.'

'Onze deelname aan deze groep moet vertrouwelijk zijn. Begrijp je Peter, en kunnen we erop vertrouwen dat het geheim blijft?'

'Ik begrijp dat jij en ik alles altijd vertrouwelijk zullen houden.'

'Heb je ooit de zoete nectar van een zwarte godin, een slaaf, geprobeerd en wil je het doen?' Zij vroeg.

"Ja, mevrouw Samantha, ik wens het."

Zodra ik deze woorden noemde, ging de hand die door de zweep werd vastgehouden naar de achterkant van mijn hoofd en kneep hem in de richting van haar kutje, in de hoop dat die door de andere hand was blootgelegd toen ze de jurk optilde.

Mijn tong zocht onmiddellijk naar haar klit, die heet was en zweefde in seksuele sappen, en terwijl ik eraan likte, voelde ik dat het hard werd en groeide.

Zonder toestemming te vragen, draaide ik mijn hoofd een beetje, opende mijn mond rond haar geslacht en begon alles in steeds sneller tempo op te nemen.

Ze sloeg een paar seconden haar kutje in mijn gezicht en duwde me toen weg.

"Oh, trut," riep hij, terwijl hij met de zweep op mijn gezicht sloeg. 'Lucy, je hebt het heel goed gedaan ... niet alleen is het lichaam van deze vos gemaakt om ons te dienen, maar ik denk dat haar geest ook klaar is om ons te dienen.'

Mevr. Samantha deed een stap terug en toen ze naar de slaaf keek, zei Angela: "Klaar" en gaf Cindy de twee wasknijpers.

Ik werd volledig van de grond getild, volledig opgehangen in deze uitgestrekte adelaarshouding, voor het hoofd van deze pijnpleziergroep.

Ik zag dat Cindy een beetje bedachtzaam naar de wasknijpers keek en er toen een op mijn linkertepel plaatste en de andere op mijn eierzakje, waardoor ik een zacht kreun op mijn lippen kreeg.

Ik keek toevallig naar Samantha die er ongelooflijk wild uitzag en voelde hoe mijn lul hard werd.

"Kijk, dames! Het kreng betoont me al haar respect."

Meteen nadat hij dit had gezegd, sloeg hij me hard op de rechterdij en toen weer links, waardoor ik in mijn boeien worstelde, maar geen geluid maakte tussen opeengeklemde tanden.

'Angela, draai je alsjeblieft om,' beval Samantha.

Angela siste toen zo hard in mijn oor dat iedereen het kon horen.

"Draai je om, trut en wees snel."

Met al mijn kracht draaide ik me zo voorzichtig mogelijk om, terwijl ik de hele tijd aan Angela dacht en tegen mezelf zei:

'Ik zal dit kreng voor mezelf hebben.'

Onder andere omstandigheden zou het toch iets aangenamer kunnen zijn.

Toen ik klaar was met de dienst, keek ik Angela in de ogen en probeerde haar zonder veel succes te vermoorden.

Dus Samantha legde twee harde wimpers op de achterkant van mijn rug met de wimper, en toen wist ik waarom ze het een angel noemden.

Het was alsof ik bij elke slag de negen staarten van de zweep in mijn lichaam kon voelen, maar ik had nog steeds een tintelend gevoel dat bijna meer nodig leek te hebben.

Toen mijn innerlijke worsteling wegebde, hoorde ik Samantha zeggen: "Klaar, Angela?" en toen hoorde ik een stilte van de menigte vrouwen die zich in de buurt verzamelde.

Ik keek naar beneden en zag Angela naar me toe leunen en mijn pik recht naar haar mond brengen, werkend totdat ze begreep hoe ze het wilde, en toen hief ze haar rechterhand op.

Op dat moment explodeerde mijn wereld met een reeks zware slagen tegen Angela's billen en tanden, waarbij ik zo hard in zijn pik kneep dat ik dacht dat ze hem eraf zou snijden.

Ik schreeuwde niet, maar het gekreun tussen mijn tanden voelde alsof ik op vuil kauwde.

Terwijl Angela worstelde in deze positie van totale slavernij, bleef ze in mijn penis bijten totdat mevrouw Samantha sprak:

'Angela, stop nu. Je wordt later gestraft voor deze explosie. Wat dacht je verdomme, vrouw?'

Toen stond ik op en, met de hulp van Cindy, wendde ik me tot de groep en knielde weer.

Terwijl ze haar hoofd boog, sprak mijn dame tot de groep:

'Vervolgens onze gast van buiten het district, mevrouw Victoria, die hielp bij het opzetten van onze lokale groep. Mevrouw Victoria, alstublieft.'

'Gegroet, mevrouw, ik ben de slaaf van mevrouw Lucy,' zei ik toen ze voor me stond.

"Hef je hoofd op jongen! Weet je wie ik ben?"

Toen ik mijn hoofd ophief, zag ik de twee wasknijpers weer, maar deze keer hield zijn rechterhand een kleine zweep vast en mijn hart zonk in de schoenen, maar het nam mijn mannelijkheid niet weg, want ik bleef een beetje hard.

Ik keek in de ogen van een volwassen vrouw die nog steeds erg mooi was en het lichaam had van iemand die veel jonger was.

'U bent mevrouw Victoria. Ik heb e-mails met u uitgewisseld toen ik bij uw rollenspelgroep kwam, maar ik was er nooit goed in en ik gaf het op. Sorry mevrouw.'

Eerlijk gezegd hoopte hij dat hij haar niet van streek had gemaakt terwijl hij zijn hoofd boog.

'Sta op en draai je om,' beval Angela me.

Eerst gaf hij de twee wasknijpers aan Cindy, die, nadat ze er weer naar had gekeken, haar wenkbrauwen optrok en ze allebei op mijn penis plaatste: op de huid aan weerszijden van de eieren aan de basis.

Toen kwamen er vijf harde wimpers langs mijn rug en kont terwijl ik kreunde en worstelde in mijn boeien.

"Uitstekend, uitstekend," legde mevrouw Victoria uit voordat ik terugkeerde naar mijn knielende positie.

En zo was het, met verschillende straffen van al deze machtige vrouwen, elk van hen geroepen door mijn dame.

De Nellie, lerares middelbare school, Flora, soap-actrice, Jane, dokter, Jemina, geschiedenisleraar, Rosie, kunstenaar op een talentenjacht, Laura, de eigenaar van het televisiestation die me uitnodigde op hun eiland.

Er waren twee uitzonderingen die ik in meer detail zal behandelen: Clara, de gastheer van een kabelnieuwsstation, en Celine, het weermeisje op hetzelfde kanaal.

Als vrouw. Clara werd geroepen, ze sloeg een grote zwarte zweep op haar dij en stopte vlak voor me en raakte bijna mijn gebogen hoofd aan.

'Gegroet, mevrouw, ik ben de slaaf van mevrouw Lucy, Peter.' Ik stotterde een beetje beverig en bang toen ik de zweep op haar been sloeg en wist dat ik haar kon zien spelen.

'Hef uw hoofd op meneer. Weet u wie ik ben?'

De Heer werd vernederend genoemd voor iedereen om te horen.

Toen ik mijn hoofd ophief en voor het eerst in het echt keek, merkte ik dat ik nog mooier was dan op tv.

Hij had een goed aangepast lichaam om voor te sterven, en zijn haar was momenteel donkerblond op de schouder, en van wat hij had gelezen, overtroffen zijn hersenen de meeste mannen.

'Ja, mevrouw Clara, u bent een referentie in Cable.'

Toen ik dat zei, merkte ik dat ze geen aandacht schonk aan wat ik zei, maar naar Angela keek.

Ik draaide mijn hoofd naar Angela en merkte dat ze naar Clara keek, glimlachend en haar lippen likte.

"Dit meisje is ook een grap, opgewonden en alles gaat," dacht ik aan Angela en lachte hardop.

Helaas dacht mevrouw Clara dat ik haar zou uitlachen en me zou slaan.

'Vrouwe Lucy! Je varken durft me uit te lachen. Wat zal hij eraan doen?'

'Mijn excuses, Clara. Angela, pak de pincet en leg ze op de klootzak. Nu!' Zij vroeg.

Toen Angela naar de tafel ging om de tang op te halen, vroeg ze Lucy hoeveel ze wilde dat ze geplaatst waren, en Lucy's antwoord was:

'Als je ze niet meer kunt persen, zijn ze perfect.'

'Mevrouw Clara, ik hoop dat u uw goedkeuring heeft,' vroeg Lucy.

"Blijf op je tenen!" Zei Clara terwijl ze de clips aan Cindy overhandigde.

Angela beval Cindy om alle wasknijpers van mijn tepels te verwijderen en ze bovenop mijn pik te leggen toen ik opstond.

Cindy keek me niet in de ogen toen ze de vier wasknijpers verwijderden en ze overbrachten naar mijn pik, en toen werden Clara's wasknijpers op mijn ballen gelegd.

Op dat moment was mijn penis bijna volledig bedekt door de pinnen aan elke kant.

Daarna deed Angela wat hij wilde met de clips, glimlachend en vriendelijk.

Elke beugel bestond uit twee platte metalen staven met aan elk uiteinde schroeven die met de hand moesten worden vastgedraaid.

Nadat ze allebei waren losgelaten, plaatste ze een klem op en neer over een tepel met een staaf, en toen trok Cindy de tepel uit de klem terwijl ze erin kneep.

Toen de twee er eenmaal bij waren, voelde ik me een beetje opgelucht toen alleen Cindy ze eraf pelde pijn veroorzaakte.

"Nu ga ik je teefje persen," zei hij toen we elkaar allebei aankeken.

Toen ik erin kneep, werd de pijn ondraaglijk.

Ik heb nog nooit zo erg pijn gehad, verdomme, ik zou je niet het plezier geven van schreeuwen, want dat is wat Angela wilde dat ik deed.

Clara beval me om me om te draaien, wat ik erg op prijs stelde, want nadat al mijn tv-fantasieën over haar waren verbroken omdat ik wist dat ik de voorkeur gaf aan het andere geslacht, wilde ik niet dat ze me sloeg en de vernedering voelde.

Inderdaad, zijn zweep was pijnlijk maar opwindend.

Was het vanwege mijn vernedering?

Met vrouw. Celine, we zijn nooit in het stadium van de zweepslagen gekomen.

Na de close-up en mijn presentatie keek ik naar haar schoonheid en glimlachte en zei dat ik haar jarenlang elk weekend zag terwijl ik het lokale weerbericht presenteerde en onthulde dat ik verliefd op haar was en vond dat ze geweldig was.

'Wil je je weermeisje testen, Peter?'

'Het zou een eer zijn, mevrouw,' antwoordde ik en stak mijn hoofd tussen haar benen terwijl ze de jurk optilde.

Het was heet en vochtig en ze had een orgasme nodig.

Mijn tong werkte hard aan haar clitoris terwijl ze haar lichaam tegen mijn gezicht pompte.

Toen het helemaal opgezwollen was, kon ik het met mijn lippen vasthouden terwijl mijn tong er doorheen liep.

Het duurde niet lang voordat ze kreunde van een orgasme en de sappen van liefde bedekten mijn gezicht.

Toen deed hij een stap achteruit, liet de zweep vallen, liep naar mijn dame toe en vroeg gekscherend of hij me aan haar wilde verkopen.

Nadat ik elk van de geliefden had voorgesteld, knielde ik met gebogen hoofd, wetende dat Lady Lucy voor me was.

'Gegroet, mevrouw Lucy. Ik ben uw slaaf, uw slaaf Peter.'

"Til je slaaf van je hoofd"

Toen ik dat deed, wist ik waarom ze er die avond was, want haar schoonheid was fascinerend en ik hield echt van haar.

Hij had geen pincet in zijn hand, maar hij had een kleine zweep in zijn rechterhand, waarvan ik meteen wist waarvoor het was, omdat hij een prop in zijn linkerhand had.

- slaaf goed gedaan. Je proces is binnenkort voorbij en de dames hebben afgesproken om je de prop om te laten doen, zodat je desnoods de rest van de nacht kunt gillen. Nu zette Angela de prop op deze man. ""

Angela pakte de prop en duwde hem voorzichtig in mijn mond, terwijl ze de prop vasthield nadat ze in mijn hoofd had geknepen.

De dames keken ernaar, vooral toen ze me hielp de armbanden los te maken en ik voor het eerst in de prop kon gillen.

Ze lieten me in totale schorsing achter zodat iedereen het kon zien.

Toen Angela de opdracht kreeg om de clips te verwijderen, keken de dames met grote interesse naar mijn reactie toen ze ze allemaal verwijderde terwijl ze gilde en probeerde mijn tepels te troosten.

Toen verscheen Lucy en ging voor me staan.

'Alsjeblieft, Peter, laat iedereen zien dat je mijn slaaf bent. Nu ga ik al je wasknijpers verwijderen met mijn speelgoed en niet heel voorzichtig. Iedereen let op je reactie op wat ik doe, dus laten we het goed doen.'

Ik schudde mijn hoofd en sloot mijn ogen, vastbesloten om niet meer te schreeuwen, toen de zweepstaarten landden waar een wasknijper was geplaatst, maar de meeste zaten op mijn staart en ballen.

Ik kreunde en probeerde aan de zweep te ontsnappen totdat hij eindelijk stopte en ik mijn ogen opendeed voor een glimlachende minnaar.

'Heel goed, Peter,' zei ze en richtte zich toen tot de gasten. 'Het zal even duren voordat de definitieve schorsing wordt gepresenteerd. Kunt u mij vanaf mijn terrein vergezellen met een glas gekoelde wijn terwijl de meisjes het laatste gesprek van de avond voorbereiden?'

'Waar heeft hij het in godsnaam over?', Dacht ik.

De definitieve schorsing? Wil je me ophangen

Toen lieten ze me op de grond vallen en zeiden dat ik moest knielen terwijl Angela en Cindy zich voorbereidden op: Mijn dood?

Ik was te moe om iets te doen, zelfs niet met de zware stang losgekoppeld van de kabel en achter me geplaatst.

Toen ik naar mijn pik keek, zag ik dat hij zwak hing en ik wist dat zelfs Viagra op dat moment niet erg bruikbaar zou zijn.

Ik was verbaasd om te zien dat Angela en Cindy een soort motor hadden opgezet die ze op de kabel hadden aangesloten, en nadat ik hem had aangesloten, heb ik hem getest om er zeker van te zijn dat hij werkte.

Toen werd de staaf die de kettingen aan mijn polsboeien vasthield, aan de onderkant van het apparaat geplakt en alles werd omhoog gebracht door me op te tillen totdat ik weer werd opgehangen.

Deze keer hebben ze de scheidingsstang op mijn enkels losgemaakt en verwijderd toen ze me op de been hadden gekregen.

Cindy plaatste toen zware leren manchetten om mijn dijen net boven mijn knieën, en toen ze allebei waren vastgemaakt, werd ik in een zittende positie neergelaten.

Ik voelde me overal verdoofd en was niet bang om mezelf pijn te doen.

Vervolgens werd een ketting van elke dijbeenmanchet aan de bovenste staaf vastgemaakt en strakgetrokken totdat het voelde alsof ik met mijn benen uit elkaar zat terwijl de kabel me tot ongeveer anderhalve meter van de grond tilde.

'Cindy, laten we het uitproberen voor de eindpresentatie.'

Angela zei het stilletjes en pakte een elektriciteitssnoer dat in het apparaat boven mij was gestoken.

Wat op een soort schakelkast leek, was verbonden met de kabel waar Angela met haar vingers overheen ging.

Ze draaiden me eerst met de klok mee en daarna met volledige omwentelingen tegen de klok in met verschillende snelheden en toen sprong ik ook op en neer.

Tevreden gaf Angela Cindy de opdracht het laatste stuk voor te bereiden, dat ik van bovenaf bekeek.

Ze droegen een ronde, zware stalen staaf van meer dan twee meter lang naar een positie direct onder mij en schroefden die in een afvoergat dat in beton was ingebed bij de vloer.

Nadat ze zich ervan had vergewist dat het stevig en vrij van losse bewegingen was, nam Angela een roestvrijstalen kegel uit een doos en begon deze op de bovenkant van de metalen staaf te schroeven.

Op dat moment gebeurde dit allemaal onder mijn lichaam, dus ik keek goed naar wat er werd gedaan en wat ik dacht dat er zou gebeuren, wat een sessie van moeilijke gevechten van mijn kant op gang bracht omdat ik dat niet wilde. er deel van zijn.

Angela pakte onmiddellijk de onderkant van mijn eieren, kneep erin en sloeg de eierzak die ze vasthield zo hard als ze kon met haar rechtervuist, waardoor ze gilde in de prop omdat ik alleen maar glimmende zwarte vlekken op de voorkant kon zien mijn ogen.

'Hou op, Peter, of ik sla je tot je flauwvalt. Begrepen?' Vroeg Angela.

Ik stopte, maar om twee redenen, een daarvan was Angela's dreigement en de andere het feit dat mijn lichaam volkomen uitgeput was.

Ik kon er niet meer tegen omdat de schorsing me ervan weerhield om het te doen en ik wist dat ik hier de rest van de nacht zou blijven om de pijn te verdragen.

Ik probeerde op adem te komen terwijl ik de kegel beter bekeek.

Hoewel moeilijk te zeggen, was de bovenkant afgerond en leek hij ongeveer een centimeter in doorsnee te zijn.

Dit nam toe met ongeveer tien centimeter in lengte tot ongeveer vijf of acht centimeter in diameter aan de basis, wat mij ongeveer drie meter leek.

Cindy bedekte alles vervolgens met een dikke laag glijmiddel en begon een aanzienlijke hoeveelheid op haar vingertoppen te smeren, waarmee ze mijn anus wreef.

Ze lachte terwijl ze spuugde en probeerde haar vingers in me te steken, die plotseling in me belandden en me naar adem happen en kreunen.

Terwijl ze voor mijn reet zorgden, stopte Angela een cd-speler in het stopcontact en testte snel het door haar gekozen nummer voor die verdomde gebeurtenis die ze aan het maken was en waarvan ze hoopte op een dag in natura terug te komen.

Ik herkende het nummer meteen ... en ik wist dat het lage tempo alle dames van streek zou maken, maar het zou me veel pijn bezorgen.

De cd-speler was ook aangesloten op de schakelkast van het apparaat.

Angela had de eerste instrumentale stokken van het nummer vooraf opgenomen en speelde nu om de aandacht van de dames te trekken dat ze er klaar voor was.

Ik zag de dames komen en ongeveer anderhalve meter in een halve cirkel om me heen staan en zag Angela mevrouw groeten. Lucy toen ze de muziek uitzette.

Dames, dit is een korte presentatie die Angela heeft gemaakt en die ze de schorsingsfinale noemt. Mijn slaaf Peter werd hier pas een paar minuten geleden over geïnformeerd en het is een goede manier voor mijn slaaf om te weten dat hij altijd het onverwachte moet verwachten. ""

'Je kunt Angela wel voortzetten,' zei Lucy.

"Dank u, dame," antwoordde Angela. "Ik hoop dat je geniet van wat ik Final Suspension noem en dat alle mannen het optreden op Prazer da Dor moeten doorstaan."

Toen draaide Angela zich om en liep naar de schakelkast en zette een paar schakelaars aan, waardoor Cindy bukte en mijn lichaam naar de kegel leidde die slechts enkele centimeters van mijn kont naar binnen kwam.

Ik schreeuwde tegen de prop met deze penetratie en merkte tegelijkertijd op dat alle dames hun armen hadden vastgehouden en nauwlettend naar deze vernedering van mijn lichaam keken.

Toen begon de muziek en de eerste minuut ging mijn lichaam een centimeter en een centimeter of twee omlaag, de hele tijd op en neer op de muziek.

Ook de dames leken arm in arm het ritme van de muziek zo goed mogelijk te volgen.

Ik hoorde ze ook dingen schreeuwen als "Dit moet met alle mannen gebeuren", "Vrouwen heersen", "Mannen zijn uitschot", "Leef het plezier van pijn", met applaus en applaus door de muziek heen.

Ik wist dat de slet Angela hier goed voor beloond zou worden, maar er was niets dat ik anders kon doen dan schreeuwen elke keer als ik alleen in maagdelijk gebied liep.

Tijdens de tweede minuut van het nummer had ik drie of tien centimeter moeten doordringen toen ik stopte met op en neer lopen, maar nu werd de kegel met kleine bewegingen naar links en rechts gedraaid.

De laatste minuut ... was degene die ik de hele minuut schreeuwde, een oneindige minuut die me leek.

De rotatie van de kegel nam niet alleen toe, maar ook de op- en neergaande beweging.

Ik kon alleen een goedkeurend gebrul van de menigte horen en wist dat ik bij elke slag het bewustzijn verloor, en uiteindelijk stopte de rotatie aan het einde van het lied en viel mijn lichaam in de kegel; mijn gewicht zo laag als ik kon.

Dus ik schreeuwde harder dan ooit in mijn leven en viel flauw.

***

Toen ik wakker werd, was ik alleen ... er was niemand.

De dag was in nacht veranderd, maar de lichten in huis en tuin gaven genoeg licht om te zien waar hij was.

Terwijl ik onder het frame van de galg was, gooide iemand een deken over mijn lichaam en keek rond. Er waren geen aanwijzingen dat er een bijeenkomst had plaatsgevonden.

Zou je je alles hebben voorgesteld?

Die gedachte veranderde toen ik probeerde te bewegen en alle pijn in mijn lichaam voelde.

Hij was vrij van mijn das en prop, naakt in het gras, en had geen idee wat hij moest doen.

Muziek en gelach kwamen uit het huis, maar ik wilde er niets van horen en ging naar het entreegebouw om op te staan, waar ik voorbereid was.

Ik strompelde door het gebouw en vond mijn weg naar mijn auto, die ik snel wilde instappen en starten, maar de sleutels niet kon vinden.

'Stap uit de jongensauto!'

Ik keek op en zag Cindy in een witte blouse en een kort rokje.

God is mooi zonder beha, dacht ik, maar ik wist dat ik niets meer kon doen.

'Hoorde je me, jongen? Kom nu uit de auto. Mannen moeten alle vrouwen gehoorzamen en dat betekent Peter, nu stap je hier met de auto uit.'

Was ik te moe om ruzie te maken of kende je mijn plaats in de groep?

Hoe dan ook, ik stapte uit mijn auto en zag Cindy mijn kleren uitstrekken zodat ik ze kon dragen.

"Hé, deze kleren zijn van mij!" Waar heb je dit allemaal vandaan? ", Ik vroeg.

'Stap gewoon in en stap in de auto, ik moet je naar huis brengen en voor je zorgen. Mevrouw Lucy maakte zich zorgen om je welzijn.'

Ik was te moe om iets te zeggen en dankbaar nam iemand me mee naar huis.

Cindy parkeerde naast het trottoir en besloot de garage niet binnen te gaan of te openen.

De lichten in het huis waren aan en ik wist dat er geen meer was, dus ik ontdekte dat mijn sleutels waren meegenomen en dat het huis ergens die avond was voorbereid.

Nadat ze me naar binnen had gebracht, nam Cindy me mee naar de badkamer en de douche, waar ze bij me binnenkwam.

Ze waste me en hield me stevig vast ... het was zo zacht en zo goed dat ik wist dat mijn lichaam snel weer normaal zou zijn.

Terwijl het water op ons spatte, hoorde ik een hard geluid in de kamer.

'Wat was dat? Is er nog iemand hier?'

'Rustig, Peter. Dat was gewoon het centrale koelsysteem of zoiets. Je hebt een zware dag gehad. Laten we uitdrogen en naar bed gaan.'

Ze trok zachtjes aan me en droogde me af, kuste mijn lichaam waar het pijnlijk was of met littekens bedekt, en kuste me uiteindelijk diep op de lippen, haar tong liet zien dat ze het mijne aan het masseren was.

Oh god, ze windt me op

Naakt gingen we arm in arm de logeerkamer binnen, waar alle lichten aan waren.

Ik dacht dat Cindy dat deed.

Toen we binnenkwamen, was ik verrast om mevrouw Lucy naakt op het bed te zien, met alleen een zwarte lendendoek aan.

'Ah, hier zijn mijn twee slaven. Ze zijn allebei fantastisch. Kom op, Cindy en doe mee. Nee, dat doe je niet, Peter, ik wil geen slaaf. Je diensten zijn vanavond niet nodig, dus ga naar de woonkamer. ! "" "

Mijn hart zonk dieper dan ooit toen ik zijn woorden hoorde, en met gebogen hoofd ging ik naar mijn kamer.

Het was donker dus ik deed natuurlijk de lichten aan en Angela lag op de grond!

Ze was naakt met metalen manchetten om haar gesloten polsen achter haar rug en ook om haar enkels en stond in een onderdanige houding en bond haar lange haar vast met een touw dat aan haar enkels was vastgebonden.

Een prop hield haar gedempte geschreeuw in, terwijl ze zag hoe ik haar schoonheid opnam en besefte wat er daarna zou gebeuren.

Ernaast zat een kleine leren zweep met een enkele gevlochten staart die eruitzag als een miniatuurzweep en een briefje erop.

Het briefje was van mevrouw Lucy en zei eenvoudig:

"Denk aan Peter, verwacht altijd het onverwachte."

Toen ik de zweep ophief, keerde mijn mannelijkheid sterk terug en vanaf dat moment wist ik dat ik nooit zou ophouden deel uit te maken van het plezier van pijn.

EINDE

www.ingramcontent.com/pod-product-compliance
Lightning Source LLC
LaVergne TN
LVHW091227150826
845673LV00003B/1047

* 9 7 9 8 2 3 0 2 2 6 2 5 3 *